湖边的伊甸园

HUBIAN DE YIDIANYUAN

李前锋◎著

时代出版传媒股份有限公司

安徽文艺出版社

图书在版编目（CIP）数据

湖边的伊甸园/李前锋著. —合肥：安徽文艺出版社,2020.1
（2024.11 重印）
ISBN 978-7-5396-6696-9

Ⅰ. ①湖… Ⅱ. ①李… Ⅲ. ①长篇小说－中国－当代
Ⅳ. ①I247.5

中国版本图书馆 CIP 数据核字(2019)第 138662 号

出 版 人：姚 巍
责任编辑：汪爱武　　　　　装帧设计：褚 琦　许含章
出版发行：安徽文艺出版社　　www.awpub.com
地　　址：合肥市翡翠路 1118 号　邮政编码：230071
营 销 部：(0551)63533889
印　　制：三河市兴国印务有限公司

开本：700×1000　1/16　印张：16　字数：300 千字
版次：2020 年 1 月第 1 版
印次：2024 年 11 月第 2 次印刷
定价：49.00 元

人到底能不能和自己幻想中的
人物成为知己？那时，彼此的控制和
放飞是不是一种幸福和追求？

          —— 作者

001

第一章　N = ?

065

第二章　y = ?

067

第三章　X = ?

232

第四章　Y = y?

第一章

$N=?$

主要人物:

左国正——市公安局局长。

左一帆——高三学生。

NNDC ——简称"N",左一帆的初恋。

撒巴提——市公安局刑警队队长。

引　子

上午,左国正刚走进办公室,撒巴提就来了。"报告!"撒巴提在门外毕恭毕敬地喊。左国正嗯了一声,撒巴提就走了进来。左国正的办公桌上散放着一些烟,见撒巴提走了进来,他捡起一根,扔了过去,然后问:"有事吗?"

撒巴提笑了笑说:"是的。"

撒巴提的样子让左国正感到很奇怪,他指了指旁边的椅子,然后自己先坐了下来。

撒巴提见局长坐了下来,这才坐了下来。"什么事?"左国正问。

在重案二组,撒巴提素有"小阎王"之称,但是,每次见到左国正,他还是显得有些萎靡。这会,听左国正问他,他说:"局长,有人检举你了。"

尽管撒巴提说这句话时脸上带着笑,但是,左国正还是一怔,他的目光看着墙角,问:"是吗? 何方神圣?"

撒巴提一边掏出一封信来,一边说:"你女儿。"

左国正看了一眼撒巴提,伸手接下了撒巴提递过来的信。

接过信后,他只是打量了一下,就不屑地扔在一边,然后点上了一支烟。

撒巴提说:"局长,还是看看吧。"

听撒巴提这么说,左国正想了一下,把那封信打开了,只是看了一眼,脸上就变色了。

信的确是左国正的女儿左一帆写的。一个月前,左一帆的初恋NNDC(立案时简称"N")死于镜湖。不久,公安局就有了结论,是跳湖自杀,法医还做了一份尸检报告。当时,左一帆也接受了这个结论,但是,时隔几日,左一帆又推翻了这个结论。在这封信里,左一帆公然要求重案组调查她的父亲左国正,她认为,左国正有重大嫌疑。

1

四个月前,也是在左国正办公室,碰头会刚结束,秀亚来了。见是局长夫人,撒巴提等忙打了个招呼就闪了。

左国正有些不高兴,他把门关上说:"不是跟你说过吗? 不要在办公时间找我。"

"这不是有事吗?"秀亚说,脸色不好看,人也显得很疲惫。

左国正知道秀亚去学校参加了家长会,听秀亚这么说,估计事不小,就问:"什么事?成绩下来了?"

秀亚自己倒了一杯水,大口喝了几下,然后坐下来,一句话也不说,脸上的表情更为沉重了。

左国正有些不耐烦地说:"到底什么事?我还有事啊!"

"是,你事多。"秀亚说,语气中带有埋怨和嘲讽。

左国正瞪了秀亚一眼,点上烟抽着。

这时,秀亚说话了:"班主任单独找我谈话了,说这丫头可能谈恋爱了。"

左国正听秀亚这么说,又瞪过去一眼,然后坐在那一声不吭,脸色生了铁锈一般,喘息也越来越沉重。

左国正的这个样子显然吓到了秀亚,她说:"还好,成绩没有落下来,而且在全校排名还靠前了。"

秀亚这样说,显然是为了安慰左国正,也为了平息左国正心中的怒火。

这时,左国正突然一拍桌子,怒气冲冲地说:"江秀亚,我跟你说,左一帆要是出了问题,你必须负责。"

秀亚歪着头问:"为什么是我?你呢?"

左国正指着秀亚说:"当初她要到学校晚自习,我是怎么说的?这个丫头,就是泥鳅下凡,只要放出笼子,你就收不回来。你倒好,她不敢找我,你还帮着她求情……"

秀亚委屈地说:"班主任也找你啦! ……"

左国正一挥手说:"什么都别说了,你去学校一趟,传我的话,立刻回家,在家晚自习。"

秀亚说:"那个班主任太能说,你跟她说吧,我负责把人领回来。"

左国正立刻拿出手机,伸手滑开了屏幕。

2

晚上,左家厨房热气腾腾,不断发出哧哧哧和哗啦啦的声音。秀亚斩斩剁剁,烧了好几道菜,其中有一帆喜欢吃的拔丝苹果和炸虾片。

秀亚在厨房里忙得如同陀螺一般乱转时,左国正正坐在沙发上看中央台的《新闻联播》。左国正是军人出身,看电视时,也坐得笔直的,脸上一丝表情都没有。待主持人开始播报天气时,秀亚坐了过来,她说:"国正,算我求你了。"

左国正看了秀亚一眼,没有说话。这是左国正跟人交流的一种方式。

秀亚语气恳切地说:"如果没有记错的话,这一年里,你跟一帆说的话,要是记录下来的话,也写不满三行。今晚孩子听你话回来了,这多好啊!你父女俩就多说说话。至于谈恋爱的事,八成是传的,就是真的,也是闹着玩的。既然孩子不在那晚自习了,你就不要再提这件事了,好不好?……"

"非谈不可。"左国正咬牙切齿地说,"今天,如果她敢吭一声,我就砸死她。"

秀亚把围裙一脱,猛地摔在椅子上,然后快步走进厨房。

不一会,她从厨房里出来了,手里拎着一把刀。她走到左国正跟前,把那把刀往左国正身边一丢,说:"别砸,用刀。刀快!我不耽误你杀人,我先出去。"

就在秀亚要走时,外面传来了钥匙在锁眼里转动的声音,秀亚忙捡起刀,去了厨房。

门开了,进门的正是一帆,一脸的汗,背着一个大帆布包,拖着一只拉杆书包。秀亚已经把刀放进了厨房,这会满面笑容地来迎接一帆。

左国正看了一帆一眼,没有吭声,继续看他的电视,但是,心里却吸了一口冷气。此时的一帆已然不是去年那个一帆了,个头已经长到一米七以上,那张脸虽然尚有稚气,但看上去异常美丽。身体也是成熟女孩的样子了。不知为什么,人家父亲看到女儿这般情景,自然是自豪和高兴,左国正看到天仙一般的女儿,似乎得到了什么印证,心里更加焦虑和激愤起来,脸上也更加不好看了。

这边,一帆想先上楼,竟然被秀亚拦住了。她把女儿带来的东西一起归置到门后,说:"你老子为了等你吃饭,什么都推了。这菜都凉了,吃完再上去吧。"

一帆也没有推辞,在厨房里洗了手,便随着母亲入了桌。

此时,左国正已经端起了酒杯,一个人在那喝。秀亚一心想让一帆坐在她爸身边,但是,一帆说对着窗户,有风。其时已经是春天,春风软软的,一点都不欺人。

秀亚不好再劝女儿,怕过了反而弄生分了,就让一帆坐在自己的旁边。一帆坐下后,秀亚觉得女儿和自己贴得紧紧的,几乎要把自己推出去。

吃饭时,秀亚也是用尽心机,大呼小叫的,一会给丈夫夹菜,一会给一帆夹菜,嘴里还不停地叨叨:"见到你班主任了,夸你,说你守纪律,成绩好,是北大、清华的底料,呵呵,又不是火锅,还底料,笑死人。"

秀亚不停地说时,那父女俩都不说话,这样,秀亚就尴尬起来,再过一会,三个人谁都不吭声了。一帆吃饭时像猫一样,声音很小,秀亚的声音就显得有些夸张。

这会,秀亚又说:"一帆,问你爸可喝了,给你爸盛饭。"

一帆竟然浑身一颤,她先是愣在那里,然后看了左国正一眼,然后慢慢地站起来。这时,左国正说话了:"你坐下。"

一帆便坐了下来,然后低着头,又开始吃饭。那筷子也不知到底能不能夹住米粒,这都吃了一会了,还是满碗的米饭。

这时,左国正又说话了,只是说话时死死地看着一帆。一帆像是觉察到了,头低得更深了,头发几乎盖住了自己整个脸。

"一帆,我要跟你约法三章。"左国正说,嘴里已经有酒气了,那酒气掺和在话里,醉醺醺地就飞了过来。

秀亚忙说:"不管几章,就不能吃完饭再说吗?"

左国正一指秀亚,秀亚不吭声了。

左国正见镇住了妻子,就说:"第一,从今以后,你就断了到学校晚自习的念头。"说着,他从身上掏出一部手机来,把手机往一帆面前一推说,"第二,每天到校时,给我打一个电话。记着,我在这部电话里设置了监听,你别胡言乱语。第三,中午 11 点半,晚上 6 点,我会派人去接你。第四,节假日必须在家复习功课,需要出去,你妈陪你。第五……"

当左国正说到第五时,左一帆突然像一头饿急了的小兽,疯狂地向自己的嘴巴里扒起饭来,直到嘴巴被饭撑满,这才冲向卫生间,然后大声地呕吐起来。

左一帆这个举动把秀亚吓坏了,她惊恐地看着,一时不知如何是好,而左国正只是看了一眼,便喝起酒来。

秀亚忙向卫生间走去,这时,左一帆因为呕吐,满眼都是泪,整个人也显得非常虚弱。秀亚企图去搀扶她,她拒绝了,然后扶着栏杆上楼去了。

看着女儿艰难上楼的背影,秀亚的眼泪一下子就流了出来,她愤怒地看着面无表情的丈夫,她想骂"你真冷酷",又想骂"你这个畜生",但是她怕引起更大的战争,于是就强压着自己,整个人抖成一团。

很快,一帆就走进了自己的房间,然后将房门带上了。但是,只是过了一会,一帆卧室的门又打开了。接着,一帆走了出来。她站在那,面色苍白,目光浑浊,似乎还踉跄了一下,待稳住了,她问:"谁进过我的房间?"

秀亚转脸看着左国正。

"谁翻过我的东西?"一帆又问。

秀亚的眼睁得大大的。

"谁拿走了我的日记本?"一帆大声地问,语气里充满了怨气和愤怒。

秀亚还那么看着丈夫,只是眼睛睁得更大了。

"是我。"这时,左国正终于说话了。

"你凭什么……"一帆这么说,声音忽然很小,只是语气中充满着愤懑和哀怨,身子也好像要倒下去,不得不紧紧扶着栏杆。

"你凭什么拿走小孩东西呀?"秀亚大声地问。

这时,左国正又听一帆在上面说:"请你还给我。"

这个"请"字显然激怒了左国正,他突然站了起来,指着一帆说:"你告诉我他是谁,我就还你。"

左一帆的视线已经被泪水完全模糊,她看着自己的父亲,痛苦万状地说:"你如果不还我,我就从三楼跳下去。"

三楼下面就是水泥路,从三楼的窗口到地面就是死亡的高度。秀亚大声地哭着喊:"一帆……"

左国正却异常镇定地、冷酷地说:"你跳吧。"

秀亚怒吼起来,她声嘶力竭地说:"左国正,一帆要跳,我跟着就跳,你信不信?"

秀亚说这句话时,眼里充满了血丝,这显然镇住了左国正,他几步走到茶几前,从公文包里掏出一本笔记本来。

笔记本封皮上是卡通画,上面还贴了小动物,尤其是那些羽毛,非常鲜丽和漂亮,显然这个本子是孩子的东西。

这时,左国正猛地将笔记本撕成了两半,然后向地下一摔,提着公文包就走了。

3

离开家的这几天,左国正一直陷在一个捡尸轮奸案中。

在本市富丽华休闲吧,经常会有女子喝得烂醉,然后出门不久,就会躺在路上浑然不知,接着就会被人捡走,结果可想而知。

重案三组办的这个案子就是这样一个捡尸案。一个大二学生不知何事来此买醉,醉后被人捡走轮奸……

在办理这个案件的过程中,左国正曾经有一段时间被案件本身所吸引,以至于他忘了一帆,忘了那场父女之间的对峙,但是这个出事的女大学生又把他拉了回来。

其实,那天当家中的两个女人落泪时,他出门后也落泪了。

谁都不知道,他是多么疼爱这个女儿。一帆小时候就漂亮,上小学时就被人喊成荷花仙子。等到了初中,她不仅出落得像仙女,更写得一手好字,歌唱得好,舞跳得好,文章也写得好。为此,从学校到专业文艺团队,都有人来看过一帆,并和一帆、一帆母亲秀亚谈过,希望一帆参加文艺团队。但是,无论是学校组织的文艺活动,还是专业团队的邀请,到了左国正这都被挡下了。在左国正心里,女儿就是他的一块玉,谁也碰不得,只有在学校和在家才最为安全。平时,作为一个公安系统的冷面人,他的心里时刻揣着一帆这个小棉袄。有时,正吃着饭,他突然就发起呆来,此时,他的女儿正在去上学的路上,昨天还出了一个校车碾死学生的事故,这让他产生了无限联想,唯恐女儿这时正走在另一辆问题校车旁边。在一帆 10 岁时,他还曾经对朋友说:"等我女儿 18 岁了,我就退休,天天跟在女儿后面,保护女儿。"

可是,令他不安的是,他发现,从三年级开始,女儿看自己的目光就显得有些陌生。到了初中,随着女儿大了,有许多事,作为父亲更不能上前了,女儿和自己也就更疏远了。这让他有些无奈,也有些惶恐和焦虑,同时还有一种莫名的嫉妒感,只是,这种嫉妒感还没有具体对象而已。

那天,看了女儿的日记,他脑中一片空白。他在恼怒之余,卸下了担子,心中也明亮了许多,有一种醍醐灌顶和恍然大悟的感觉。

长期以来,他一直认为,是因为工作太忙,和女儿接触少了,是自己对女儿管教太严厉,才造成了父女间的隔膜。现在看来,这些想法太过可笑,原来是有人挡在了他和女儿之间。这个人是阴险的,是蛮横的,既是入侵者,也是挑拨者,更是毫无教养的小人。女儿将来是要嫁人的,不是给人抢的。而这个家伙分明要做的就是抢走自己的女儿,还要掠走她的心。这俨然是对自己的挑战,拉开一种和自己决一死战的架势。

当捡尸案刚有眉目时,左国正就往家里来。

坐在车上,他一个劲地抽烟,一句话也没有。

这次回家,左国正就如何再面对一帆,想了很多。

他甚至想到如何让自己软下来,给女儿一个道歉,但是,这需要台阶,就看妻子能不能懂自己,会不会配合。只是这个想法在他心里飘飘荡荡的,很不稳定。这已很了不起了,因为,一帆从小到大,自己在她面前就是一个凛然不可侵犯的王,说一不二的王,主动向女儿道歉,他想都没想过。现在,他这么想了,是因为那天女儿的眼泪让他记忆犹新,女儿瞬间的憔悴给人倒塌感,令他忽然就疼了,这个是过去从来没有过的。

今天见面,如果女儿再当着自己的面流泪,再表现出那么可怜的样子,他发誓要原谅女儿的一切,说不定在女儿扑过来拥抱自己时,还会主动地迎上去。他这样想。

左国正走到家门口时,忽然听到一阵声响,仔细想了一下,应该是收拾碗筷的声音,而且很慌乱。这让左国正有些疑惑。更令他疑惑的是,过去,自己只要一上楼,屋里总会传来秀亚的声音:"回来啦!"然后是开门,照个面后再去干自己的事,可是今天,门是寂静的。

想到那天秀亚愤怒的样子,左国正找到了解释,于是他自己拿出钥匙打开了门。

门打开后,一阵浓烈的酒气扑面而来,接着,他看到秀亚歪歪倒倒地向卧室走去,而餐桌上什么都没有。

秀亚走进卧室后就把门关上了。左国正走到餐桌前,用手指在桌子上抹了一下,发现有新鲜汤汁的痕迹。接着,他放下包推开了卧室的门。

此时,秀亚已经上床,脸向里侧睡着。左国正警觉地向四处看了看,然后问:"怎么,一个人喝什么酒?"

左国正又向四周看了看,然后问:"一帆呢?"

秀亚说:"你自己找吧。"

左国正愣了愣,然后退出了卧室。

站在客厅里,左国正久久地看着女儿的房门,看了一会,他发现,女儿的房门并没有关紧。这让他警觉起来,因为,过去一帆只要到家,第一件事就是上楼,然后把门反锁得死死的。再加上秀亚少有的独自喝酒的行为以及秀亚刚才说的那句话……他忙向楼上走去。

尽管他在心里做了评估和猜想,但是,走到一帆房间门口后,他还是迟疑了一下,才推开了门。

推开门后,他的眼睛立刻眯缝了起来。

左国正是军人,为此,在整理内勤方面,对一帆一直是按照军人的规矩来的。从小学到高中,一帆的房间都十分整洁,学习再紧张,被子都会叠得四角分明。五年级时,就因为一次没叠被,一帆还被自己打过耳光。尽管有点过分,但是,看到女儿从此不再敢犯规,他也感到很值得。现在的场景让他亮瞎了眼睛。整个屋里如同被炮弹炸了一遍,东西扔得到处都是。左国正一看,被随便丢弃的大都是他给一帆买的玩具和儿童读物,还有过去自己给一帆定的许多章程。

再看看一帆的床,只剩下了床板。挂在床头的歌星周杰伦和影星韩庚的照片被撕烂了,那些痕迹显得很特别、很刻意、很决绝。

这时,左国正走到一帆的写字台前,在那盏海鸥造型的台灯下,分明压着一张纸。

这是一帆写给左国正的信。

尊敬的左一帆父亲:

对不起,请原谅我这么尊称你,因为,我觉得这样才符合我现在的心情,因为,左一帆已经死了。

你终于让我绝望了。

你终于逾越了我的底线。

我曾经无数次向左一帆发誓,如果你越过我的底线,我就离开,毅然决然地离开。如今,你做到了,我也做到了。

当你看到这封信时,你可能要重新审视一下你的爱了。

是的,那是爱。

记得从一年级被你打耳光开始,我就开始怕你了,非常非常的怕,那么你的爱就变成了笼子。只是我越来越大了,那只笼子却越来越小了。这种紧缩的过程,除了我谁也体会不到。

现在,我离开这个家了,你的爱就是一只冰冷的手,它推着我的后背,我感到好冷,好痛。还有那天,如果我真从三楼跳下来,你的爱就是一把尖刀。不是吗?

好了,我们就这样了结吧,你做你现实中的父亲,我做我幻想中的女儿。这样太好了。

你不是特别想知道他是谁吗?我永远都不会告诉你的,如果你一定要问,我只能跟你说,他特别爱我,我一时一刻也离不开他,他的每一次呼吸,都足以夺走我的生命。我的肉体和灵魂愿意永远跟随着他。

当然,你不用担心我的成绩,在那个鬼学校,过去我是第一,现在和将来都是第一,因为,我不仅想离开这个家,还想离开有你的这个城市。

哦!不要迷信你的手铐和权力,你带不走我的灵魂,尸体除外,不信就来吧。

看完信,左国正第一次感到了什么叫失败,一向被人叫作"夯神"的他,第一次感受到了疲惫,忽然间,四周所有的一切都变得苍白和无意义起来。

他坐了下来。他包里有两包软中华,他就那么一根接一根抽着,当最后一包烟剩下最后一根时,眼泪在他的脸上恣意地流淌起来。

也许是左国正上楼的时间太长了,或许是楼上安静的时间太长了,不知什么时候,秀亚走了上来,她站在门口,毫无表情地看着左国正。

见是妻子,左国正刻意地转了一下身子,他不想让妻子看到自己的眼泪。

门口有一个褐色的塑料小凳,秀亚坐了下来。显然,在这个困厄时刻,她想以此表达对丈夫的安慰。

这时,左国正的眼睛忽然死死地盯着不远处自己的那只公文包,看着看着,他似乎闻到了一种浓郁的枪油味。

是的,那里有一把左轮手枪,虽然没有子弹,但是,子弹就在公文包的里层。

这样压抑了很久,他还是说话了:"魔鬼,如果能找到你,我一定会打碎你的脑袋。"

他的话很尖锐,像是一发发射出去的子弹。

4

6 月 13 日　晴

好的。周围都安静下来了。烛光像水一样蔓延上来,一种温暖也在我的周身蔓延。这烛光怎么像极了羽毛,一片一片地在我的四周散开,怎么这么像你的眼睛?

哦!我的NNDC,你的眼睛真漂亮。你坐在我的面前,我分明看到我的灵魂在慢慢地升腾,那你就带我走吧。

你就是人们传说中的那个暖男吗?我真的想扑进你的怀抱,我需要你的拥抱啊,需要你在我的耳边,听我说自己的话。

7月12日 阴

今天,笑笑向我打听你,我该怎么跟她说呢?她是幸福的,所以,她永远都不会懂我们的故事。不过我向她描述了你。看得出来,她好羡慕。她紧紧握着我的手,贪婪地调皮地看着我,希望我再多说些你,再多说些。

怎么可能?你是我永久的秘密,是爱,难舍的;是诺言,铮铮的。

我只对她说,一个女孩应该有个去处。这个地方是安全的,是宽大的,充满了善意和暖意。

嘻嘻,你自豪了吧。看,你多么高大,我喜欢在你的羽翼下,傻傻地看着你,等你瞧见我幸福的眼泪。

元月19日 雪

亲爱的NNDC,亲爱的,亲爱的。

下雪了,你看这湖面都铺满了羽毛,都铺满了你的爱。

你为什么看着我不说话?我可是等你很久啦。一个女孩呀,一个漂亮的女孩啊!你知道在学校有多少人追求我吗?你知道我每天能收到多少纸条吗?可是,我在这里等你很久很久啦。

哦！你还是来了,在漫天大雪中,在纷乱而温暖的羽毛中,向我走来了。我好喜欢你的嘴角,那是雕塑般的、男性的、有棱角的。喜欢你的一切,无穷大。

你能拥抱我吗？这个季节,你的这个举动意义非凡,会让我感动死的。来吧,拥抱我吧。

谢谢你,我听到你的心音,那么强劲,我安全了。我也很兴奋,真的很兴奋。

……

这是左一帆的日记,在市公安系统,尽管左国正的记忆力是一流的,但是,他还是只回忆出了一部分。

晚上,左国正约了撒巴提,他们在一个叫 1012 的部落群里找了一个包厢,然后边喝边说话。

两人先是谈了一会工作,然后说到了左一帆。

撒巴提说:"局长,恕我直言,在单位,每天我们不是看死人,就是看犯人,久而久之,见家人都不会笑了。别说一帆这么大孩子,我家那孩子,才 5 岁,平时都不待见我。"

左国正说:"我父母在时,常说'棍棒底下出孝子',唉！我还是打少了。"

撒巴提说:"老一辈的手段,在这一代孩子身上不灵了,该放就放吧。一帆学习好不就行了吗?"

左国正冷笑一声说:"我去广州办案时,看到一种甘蔗,从外面看好好的,里面全黑了,最后轻轻一碰就断了。究其原因,就是甘蔗发生了霉变。"

撒巴提不吭声了，他给左国正加了酒。左国正和撒巴提碰了一下，喝了下去，然后说："巴提，今天是我请你，我把你当弟兄。"

撒巴提忙说："知道知道，局长，这个我难道不懂吗？谢谢，谢谢。"

左国正说："现在，我就想把这个人找出来。你得帮帮大哥。"

撒巴提点了点头，这时，他笑了笑说："局长，别看全局的人都怕你，呵呵，说局长的脸就是钛合金打造的。其实，我最明白，你有一颗火热的心，无论是对公家，还是对我们下属，同样担待，同样尽心，口碑是这个。"说到这，他竖了一下大拇指，又接上说，"对家庭自不用说，一帆就是你的心头肉，这件事，确实让你不放心。"

左国正被撒巴提的话煽到了，眼圈红红的，他说："这个家伙，不仅会给一帆的人身安全带来不测，还会给一帆的前途带来不测。这也是这么多年来，我对这个孩子过于严格的主要原因。"

撒巴提把一杯酒往嗓子里一倒，说："局长，我明白了，你说怎么办吧！"

对这件事，左国正似乎并没有多少成熟的想法，他沉吟了一下，拿出几张纸说："这个星期，我要带市警察学校参加全省公安系统大比武，你抽空帮我办这件事，这也是避免让涉世未深的女孩上当受骗。这是一帆日记的几个片段，是我回忆出来的，不是太准确，但是，里面有许多线索，你先从学校着手吧。"

"找到了怎么办？"撒巴提忽然这么问。

左国正不说话了，在那抽着烟，眼神是迷茫的。

撒巴提说："局长，我刚才排除了一下，即使找到了，一不能抓，二不能恐吓，甚至连警告都不可以。否则，对方说我们滥用职权就很麻烦了。"

其实,左国正想到了一个更为严重的问题。目前,自己所做的一切,都不过是为了阻止女儿早恋,以免上了一些居心叵测的人的当,是想把女儿从那个居心叵测的 N 手中夺回来。但是,如果这件目前还处于半模糊状态的事,一经过调查,被公开化了怎么办? 如果左一帆知道父亲在跟踪她的恋人,甚至威胁她的恋人,做出了更为激烈的反应,比如激情私奔、含羞自杀怎么办?

果然,撒巴提也想到了这些,他说:"局长,有些水处在半混沌状态,不去动它,或许慢慢就澄清了;如果去搅和它,可能就面目全非了。尤其是这个时候,一帆需要安静,或者需要恢复。还有,她明年就高考了,各个学校都在组织学生搞冲刺,非常关键。"

左国正低下了头,一时间,这件事像一圈杂乱的线头缠在他的手上。但是,最终,他还是做出了决定。

"切口小些,尽量做得天衣无缝。"他说,"等找到了这个人,就交给我吧。"

撒巴提看了左国正一眼,然后说:"是。"

5

到底是 4 月了,校园里的各种树都在竭尽全力地抽枝、发芽、生叶。一些四季常青的树,因为长出了许多新叶子,显得层次分明,更加端庄饱满。校园墙角叫不出名的各种花儿,也都迎风抢着势头,开得争先恐后,姹紫嫣红。学生们则更为活跃,在校园里,奔跑着,嬉闹着。老师们脚下也虎虎生风。

此时,撒巴提带着刘当已经站在了校园内的池塘边。看着眼前的盛景,刘当甚是感慨:"到处都在发情,这些学生也在劫难逃啊!"说完还莫名其妙地点着头,好像对自己的话很赞赏似的。

撒巴提看了刘当一眼,撇了撇嘴,讥讽说:"去年我坚持没让老妈腌菜,那家伙,太酸了,缸都酸脆了。"

刘当正想回撒巴提几句,这时,一个男人快步走了过来,50多岁的样子,谢顶了。头顶像是受到了强烈冲刷,光光的,头发则被冲到了四周,看上去有点滑稽。

男人介绍自己,说是这个学校的副校长,姓尤。尤校长和撒巴提、刘当象征性地握了手,然后说:"昨天已经接到教育局的通知,只是校长下乡检查,由我负责接待。"

撒巴提表示了感谢。

会议是在五楼教研室开的,两个副校长、党委副书记、团委书记、保卫科科长、视频教学管理处负责人都参加了会议。

对于撒巴提和刘当的到来,学校非常重视,所有人的发言都准备了材料。党委副书记先做了汇报,重点是近年来学校在抓德智体美方面所取得的丰硕成果,以及新年的工作设想。保卫科科长汇报了学校的安全保卫措施以及相关工作经验。团委书记和其他到会的同志也分别做了汇报。

听完了汇报,撒巴提对学校工作表示了赞赏,也重申了来意,即春夏是各种刑事案件的高发期,希望学校能配合公安系统,加强校园的安全保卫工作,尤其是要做好学生的安全教育和安全防卫工作。

从给教育局打电话,到今天坐下来听取校方汇报,都是左国正策划的,套路进行到此,撒巴提开始转入正题——想和高二(4)班的班主任周嘉嘉接触一下。

这个要求显然是事先没有透露的,几个校领导有些意外,他们相互看了一眼,很快就做了安排,当周嘉嘉来时,便都走开了。

　　周嘉嘉 30 多岁的样子,看上去非常干练和精神,目光中有一种和年龄不相符合的自信和沉稳,但是,握手时,撒巴提感到她的指尖是颤抖的。撒巴提先是向周老师出示了一下警官证,然后笑着说:"不要紧张,我们只是向你打听点事。"

　　周嘉嘉一直都是淡定的,撒巴提一说"不要紧张",她的脸却红了一下。

　　待大家坐下后,刘当随即在笔记本上写道:"门上了锁,但是,锁是打开的。"

　　这时,周嘉嘉主动问:"请问需要了解哪方面的事?"

　　撒巴提在一本复印的学生名单上看了一遍,然后说:"想了解一下左一帆的情况。"

　　周嘉嘉愣了一下,她看了看撒巴提,想了一下说:"很好呀!"

　　"怎么个好法?"撒巴提笑着问。

　　周嘉嘉说:"学习成绩在全校一直排在前十,尊敬老师,团结同学……这就够了吧?"

　　撒巴提点了点头,没有说话,刘当却死死地看着周嘉嘉的眼睛。周嘉嘉马上说:"当然,性格有点内向,和同学交往少,班级活动和校内活动也很少参加。呵呵,这个对于我们来说,不算瑕疵吧?"

　　"你对早恋怎么看?"撒巴提忽然这么问。

　　周嘉嘉笑了笑说:"至于这个问题,我觉得应该相对而言吧。高二学生小的十六七岁,大的十七八岁,加上现在的生活条件好,都很成熟了。从社会的角度说,这个年龄正是在爱情上有作为的年龄,当然,在学校我们是不提倡的。总之,不影响学习就好。譬如左一帆,学习很好啊！"

撒巴提马上说："也就是说，左一帆早恋了？"

周嘉嘉脸上一红，说："呵呵，我可没这么说。"

撒巴提故意翻着笔记本，然后说："4月4号家长会，你曾经和左一帆的母亲谈到这个事。当然，你是出于关心。"

周嘉嘉脸又红了红，想了一下，说："是的。"周嘉嘉的声音忽然就小了许多。

撒巴提问："你是从一个班主任的角度观察到的，还是听到了传言？"

周嘉嘉说："班里有……学生在传这个事……"

刘当说："请具体些。"

周嘉嘉看了刘当一眼，对撒巴提说："成笑笑，是学习委员左一帆的闺密。有一天她来送作业，谈到了这个事。现在想来，这里可能有些私人恩怨。"

撒巴提说："成笑笑在放大事实，或者在撒谎。"

刘当问："为什么？"

周嘉嘉想了想，笑了笑说："这两个人在班里都是尖子。"

撒巴提似乎懂了，他点了点头。

这时，刘当说："就算是成笑笑把左一帆给'创作'了，那么主角是谁？"

"是的，"撒巴提问，"成笑笑提起过左一帆的男友吗？"

"恋人。"刘当纠正说。

撒巴提想瞪刘当一眼，但是，他还是把目光放在了周嘉嘉身上。

周嘉嘉摇了摇头，似乎感到问题有些严重了，或者说感到自己被带进泥沼,心情明显沉重起来,两只手开始不停地交缠着。

这时,撒巴提把一张纸推到了周嘉嘉面前。

纸上有字:NNDC。

周嘉嘉看着纸上的字,皱起了眉头,过了一会,她抬起头问:"这是……"

撒巴提说:"是这样,最近,我局重案组正在办理一个案件,其间发现一个叫NNDC的人和这个案子有些牵连。这组字母显然是个代号,或者是姓名的缩写,想请你看看,能否帮着排查一下。"

周嘉嘉又看了看那组字母,说:"真看不出来,如果是姓名的缩写,像是复姓。但是,这两个字母开头的复姓,班里没有。我经常参加年级交流会,据我所知,全校也没有。"

显然,在周嘉嘉这里,不仅左一帆早恋的问题得不到解答,这个NNDC就更无从知晓了。撒巴提决定见见成笑笑。

临走时,撒巴提交代周嘉嘉:"为了不影响左一帆的学习,也为了避免造成不良影响,我们之间的谈话到此为止。"

"明白,我保证。"周嘉嘉信誓旦旦地说。

6

当下,升学率是和班主任的奖金直接挂钩的,因此,作为班主任,班里的每一个学生的情况都连着自己的神经。关于左一帆早恋的问题,连班主任都说不出真假来,这让撒巴提很沮丧,也很焦急,为此,如何打开成笑笑的话匣子,就显得极为关键了。

为了不影响上课,撒巴提要求周嘉嘉安排成笑笑在自习课期间和他们见面。趁着这个机会,两人紧急协商了谈话方案。刘当为撒巴提提供了重要参数。

刘当认为,从表面看,成笑笑和左一帆是闺密关系,其实,两人是竞争关系。而在这个链条上,成笑笑更为活跃,其嫉妒心和焦虑程度要远远大于左一帆。这应该是一个谈话的突破口。

自习课开始后,成笑笑就来了。

成笑笑很漂亮,眼睛里也很干净,是那种让人眼睛为之一亮的女孩。

见到撒巴提和刘当后,她先是鞠了一躬,然后笔直地站在那里。撒巴提几次示意她坐,她也不愿意坐。刘当见状,亲自将一把凳子送了过去,并亲切地说:"您请坐。""谢谢。"成笑笑说,这才坐下。

撒巴提笑了笑说:"你的名字多好,成笑笑,可惜,到现在为止,还没看到你的笑容啊。"

成笑笑不好意思地笑了笑,情绪放松下来。见成笑笑放松多了,撒巴提便开始夸奖她,说她成绩多么多么好,未来多么多么光明。

"嘻嘻,你们怎么知道的? 你们怎么知道的呀?"成笑笑有点开心,连连地问,人显得更为放松了。

刘当说:"人才库。"

成笑笑的眼睛立刻睁得大大的,显然,刘当的话让她感到非常好奇。

撒巴提马上说:"是的,教育系统的人才库。"

成笑笑捂着嘴,抑制着自己的笑说:"真的呀! 能加分吗? 嘻嘻……"

成笑笑这会真的是很开心地笑了,笑时放开了捂着嘴巴的手,那一口牙玉一般的洁净。

撒巴提说:"肯定的。"

"你们找我是谈这个事的吗?"成笑笑笑着问,又说,"我昨天还跟我闺密抱怨哪,你看,我们班有两个同学都是少数民族,本来和我们是有十几分差距的,明年高考后,他们的优势一下子就出来了,加十几分啊! 要命! 这下好了,嘻嘻……"

这时,撒巴提说:"你的闺密叫左一帆?"

"呀!"成笑笑小声地叫了一声,"嘻嘻,你们怎么知道。"

刘当马上说:"知道……"

可是,他还没说完,撒巴提就打断说:"她也进了人才库。"

"是吗?"成笑笑说,脸上掠过一阵不自然的表情,"嗯! 她学习也很好的。"她说,声音显然没有先前欢快和兴奋了。

撒巴提见火候到了,说:"这一次,有一个保送的机会,我们想了解一下她。"

成笑笑马上问:"你们是招生办的,还是……"

撒巴提马上模糊说:"你能跟我们谈谈左一帆吗?"

成笑笑说:"哦! 谈什么呢? 这个保送名单来自人才库吗?"

撒巴提点了点头。

成笑笑笑了笑,不好意思地说:"你们找我谈左一帆,是保送她,还是保送我,还是……我俩? 嘻嘻……"

刘当说:"看了一下你和左一帆的成绩,不相上下,但是,这次保送的是艺术类,左一帆的身高和爱好占了优势。"

成笑笑尴尬地搓着手,脸上的笑极为难看,然后突然就没有了。

撒巴提说:"能谈谈她吗?"

成笑笑的思想明显走神了,似乎没有听到撒巴提的话。这时,刘当说:"既然进了人才库,都是有希望的,先后而已。"

听刘当这么说,成笑笑的眼睛立刻亮了,她看着刘当。刘当一摊手说：“OK！”

“可以谈谈她吗？”撒巴提再次问。

先前成笑笑的眼睛还是灰暗的，这会好像明亮了一些，她转向撒巴提，问：“谈什么哪？”

撒巴提说：“随便。”

成笑笑又迷惘了，看着撒巴提。

刘当马上说：“就谈谈她的个人表现吧，譬如道德、品格。对了，现在在高中阶段，早恋现象很严重，左一帆有吗？”

成笑笑看着撒巴提，目光中充满了疑惑和迷惘。

刘当马上说：“据我们了解，左一帆各方面都是优秀的，这个问题就变得非常关键了。”

成笑笑低下了头，然后说：“可是，我不想出卖朋友。”

撒巴提说：“也不能欺骗组织哦！诚实也属于高考政审范畴！”

成笑笑点了点头。

刘当问：“这么说，左一帆有？”

成笑笑看了刘当一眼说：“是的，我肯定。”

一阵兴奋感像小皮锤在撒巴提心里颠着，让他非常受用，他觉得机会就这样来了。桌子下，他的脚和刘当的脚靠得很近，他情不自禁地抵了抵刘当的脚。

“是谁？本校的吗？你见过吗？”刘当连珠炮似的问。

成笑笑笑了笑说：“她很神秘，也很幸福。我没见过，可是，左一帆每次提到他都很幸福。呵呵，我都有点嫉妒了。”

接着，成笑笑描述左一帆恋人的情况。

一米八左右，有着健美运动员一样的体格，身体又能做到像瑜伽大师那样柔软。十指修长,能使人想到理查德和班得瑞的钢琴琴键。国字脸,剑眉,虽然是单眼皮,但是眼睛很细长,非常迷人。舞跳得非常好。说是某个艺术学校的。

每周都要见面,一定要见。不见会死人的。思念成了悬挂在他们头上的一把利剑,一旦断绝就会落下来。

特别会说话,暖暖的,说话时,眼神像羽毛一样温暖。

是个百分之百的暖男。这个世界上再也找不到第二个,谁也无法代替。

特别会理解人,特别宽容,所有的季节,所有的天气,无论好坏,在他的心里都是美好的,都是可以游牧的。

……

成笑笑谈到左一帆的恋人,像是换了一个人,滔滔不绝。撒巴提只好打断她,说:"他们经常见面吗?"

"是的。"

"一般会是在哪里?"

成笑笑脸红了,说:"这是幽会,她怎么会说得那么详细?"

撒巴提感到有些遗憾,那支笔在他的指间转得飞快。

"回想一下。"刘当不甘心,说。

成笑笑极力地想着,说:"只说过一次,说是在什么酒吧,对了,叫飞来酒吧。因为,她说到这两个字时,好高兴,反复做着飞翔的动作。"

"好好好,接着说。"撒巴提激动起来,鼓励说。

成笑笑说:"那天晚上,一帆点了'心海乱'和'羽的话',两人相互看着,也不说话,一直坐到大家都走完。"

"什么叫心海乱,还有羽的话?"撒巴提问。

刘当说："就是两种鸡尾酒。"

刘当能如此快地解释这个事，让成笑笑刮目相看，她点了点头。

刘当显得很得意。

撒巴提又问："什么时候？"

成笑笑回忆了一下，说："2 月 22 日。"

"怎么会记得这么清楚？"刘当问。

成笑笑脸红了红，没说话。

"确切吗？"撒巴提也问。

成笑笑说："确切，因为那天我肚子疼……"

刘当懂了，忙低下了头。为了打破尴尬，他嘀咕说："看来左一帆的事很大。"

成笑笑好像再次得到了鼓励，说："我又想起了一件事。"

听成笑笑这么说，撒巴提做了一个继续的手势，示意成笑笑说。

成笑笑就把左一帆和她的恋人的另一次约会说了出来。让撒巴提高兴的是，这一次，成笑笑说得更为具体，说左一帆经常会在星期六的傍晚去市南的镜湖公园约会。

"这个男生是不是叫这个？"这时，撒巴提把那张写有"NNDC"的纸推到了成笑笑面前。

成笑笑看了看说："不是。左一帆跟我说过，说他叫 N。哦！天哪，也许是这组字母的头一个呢？ 你们知道他是谁了？ 是谁？"

见成笑笑的好奇心满满，撒巴提摇了摇头说："目前我们还不知道，正在找。"

成笑笑显得很失望。

"也就是说，这个 N 可能是艺校的学生？"刘当问。

成笑笑说："很可能。"

谈话到这里基本上解决了撒巴提心中的一些问题,成笑笑也算是竭尽全力了,于是,撒巴提让成笑笑先回去了。

在回公安局的路上,撒巴提显得非常疲惫,脸色黄黄的,但是,总结起这个案件来,显得非常兴奋:

1. 今天的收获是很大的。左一帆不仅早恋,而且确有恋人。

2. 恋人的身份和肖像基本可以确定。

撒巴提说："回去后,我们就让画师把这个 N 的模拟画像画出来,然后围绕着全市艺校跟进调查。"

刘当问："我今天的表现是不是很出色?"

撒巴提说："不,是黄色。"

刘当说："队长,你开始失却公正了。"

撒巴提斜眼看着刘当说："成笑笑进来后,你看你那个眼神,你看你那个行为,搬凳子,送笑脸,还一口一个'您'。如果让你审女犯人,我保证你俩能串供。"

刘当笑了,说："失却公正了,失却公正啊!"

7

全省公安系统警察学校大比武进行了一个星期,比赛项目涉及搜寻、拘捕、射击、擒拿等八大项,左国正所带的市警察学校一举拿下了其中五项的冠军,并有两项破全国纪录。

消息传到左国正耳朵里时他毫无兴奋之感,他觉得这都是意料中的事。几年来,在市公安系统,他既是铁面公公,也是唠叨奶奶,下属的几个单位,都被他牢牢抓在手里。许多事情本该下属单位直接安排的,他都事必躬亲,有时亲自设计程序,有时亲自参与实施计划。所以,今天拿到这些奖项,对于他来说,不是多了,而是还不够。

最主要的是,这几天,他的耳边向着东方,时刻听着撒巴提那边的消息。后来,他忍不住了,没等撒巴提来汇报,还是打了撒巴提的电话。

其实,就在左国正打来电话的前几秒,撒巴提正准备向左国正汇报,现在左国正电话打过来了,他正好把了解到的情况向左国正汇报了。

在这么短的时间内,就为局长挖到了这么多有价值的信息,这对于撒巴提来说,是令人兴奋的。因此,他在向左国正汇报时,显得特别开心,就像是破了一件震惊全国的刑事大案一般。

但是,待汇报完后,撒巴提却感觉左国正一点反应都没有,他的心就沉了下来。

是的,和撒巴提相反,听了撒巴提的汇报,左国正的心情是复杂的、沉重的,甚至是羞怒的。在这件事上,他认为最好的结局就是,左一帆的早恋完全是一种谣传。因为,一个漂亮女孩的身后除了跟着一大堆男孩,还跟着一长串绯闻。今天,如果撒巴提告诉他,关于左一帆早恋的所有传言都是假的,他就完全放下来了,万没想到,事情是向着他事先设定好的最坏的方向发展的。而更令他担忧的是,这个人还不是本校的。如果女儿和校外的男生尤其是和社会上那些身份不明的人混在了一起,后果就更不堪设想了。

"很好!"他忽然说,"辛苦了。"

听局长这么说,撒巴提终于舒了一口气。"下一步怎么办?"他问,"请局长指示。"

左国正不急着说话,而是点上一支烟,吸了两口才说:"你先回重案组,最近可能还有些事情要跟踪,让刘当接这个事。"

"是!"撒巴提说。

左国正说:"让刘当先去那个飞来酒吧一趟,看看酒吧里装没装摄像头。如果装了,回看一下当晚的视频,到时候,把截屏给我就可以了。"

撒巴提说:"我想让技术科把这个人的肖像画了,如果酒吧内部没有摄像头,正好可以按图索骥。"

"这样更好。"左国正对此表示了赞赏。

刘当动作很快,待左国正从省公安厅集训中心返回时,他已经把相关情况整理成册了。

翻着刘当送来的侦查情报,左国正紧紧地揪住了自己的头发。

那天,刘当去了飞来酒吧,幸运的是,飞来酒吧里果然安了摄像头。这是酒吧老板的精明,因为酒吧里三教九流的人都有,经常会出现打架斗殴现象,如碰上纠纷和诉讼等破事,录下这些影像资料,也可以为警方提供佐证。

但是,刘当回看了当晚的视频后,非常迷惑和失望。

当天晚上,左一帆果真去了飞来酒吧,果真点了两杯鸡尾酒。但是,自始至终,她对面的座位上都没有人,直到客人陆续走光。

随后,刘当又拿着技术科的模拟画像问吧台负责人,都说从未见过这个人。有的还调侃说:"嫌疑犯是不是贿赂了画师?从画像上看,此人太完美,天下也找不出几个。"

但是,吧台负责人提供了这样一个信息:这个女孩经常过来,像这种一次点两杯鸡尾酒等人的情况,有三到四次。

左国正喊来了撒巴提,就这个问题做了讨论。

撒巴提看过录像后,心里有过判断:

1. 这款爱情是倒追型的,男孩肯定比女孩更优秀。

2.女孩得了单相思,被放了"鸽子"。

3.女孩被玩弄了,男孩从此不再出现。

不管是哪种,对于左国正来说,都是重伤。撒巴提说:"估计是一帆压力太大,自己单独去坐坐。局长也别想得太多。"

左国正说:"老撒,这个时候可不是安慰我的时候。成笑笑说,一帆多次提到那个人,多次去酒吧和公园会面,视频上也分明是有两个人的状态,分明是在等人,原先的日记里,也说得有鼻子有眼的,怎么敢说是单独去坐坐?"

撒巴提尴尬了,惨笑着,去给左国正拿烟,嘴上说:"别急别急,我和刘当再研究一下资料。"

左国正接过撒巴提的烟说:"让刘当去公园一趟,打听一下,看有没有人在傍晚时看到过他们。"

撒巴提一边给左国正嘴上的烟点上火,一边说:"局长,这样,那个激情杀人案基本上可以收了,我先交给他们。这边,我安排刘当去镜湖公园走访,我来排查艺校。"

左国正吸了一口烟说:"嫌疑犯的资料送检察院了吗?"

撒巴提说:"正在整理,快了。"

左国正说:"好吧。"

8

玄武市在全省地级市中算是最大的了,辖三市两县三区。市区内虽然没有重工业,但是因为有一个闻名全国的药材市场和闻名海内外的小商品批发市场,再加上石英和旅游两大支柱产业,城市发展的势头非常好,城市规模也比较大。

此时,天光还在,江边的小吃一条街就灯火通明了。街道上,那些红红绿绿的吃货,到处攒店幌子,见门头就钻。个别吃货显然是闻香而至,一边往店里走,一边还抽着鼻子。各家店铺除了将音响的音量开到了最大,铲锅和炒菜的声音也格外大。有的店家,存心要闹特殊,故意让厨师吆喝着炒菜,引得许多路人引着颈子,站在那愣愣地看,敏感的,直吸溜嘴,哈喇子拖得老长。

在一家新疆烤羊肉馆里,撒巴提和刘当围着一张桌子,各把着一方,一边龇着牙嘶嘶地撸着羊肉串、甩开膀子喝着啤酒,一边聊着左一帆的事。

撒巴提明白,别听左国正说,刑警队的事多,其实,还是想让自己有空在他女儿的事上多用心,尽管那天没有明确表态,没有指示,但撒巴提心里明白。他对刘当说:"你我,把别的事稍微往一边划划,先把局长交代的事办好再说。"接着,他对 N 和 N 所在的地区做了分析。

1. 高颜值。

2. 年龄可能比左一帆大。

3. 才情和学养都在左一帆之上。

4. 学艺术的或者是搞艺术研究的。

5. 职务:老师、演员、导演、演奏家。

关于地区,撒巴提说:"作为在校生,左一帆的活动范围狭窄,不可能去外地和这个 N 约会,那么这个 N 要么是外地人,每星期赶到玄武;要么就是本地人。"

对于撒巴提的分析,刘当大部分给予了认可,但是,就高颜值女孩的异性观,他有自己的看法。

1. 这种女孩看似冷傲,其实很自卑,并不把自己当回事。

2.口味重,对痞性十足的男孩具有莫名的依赖感和崇拜感。

所以,不能把 N 完全定位在高大上的这个标尺上,没准就是个渣男。

刘当的这番言论,让撒巴提很欣赏,吃羊脆骨时,咬得嘎巴响。

得到了鼓舞,刘当很兴奋,他说:"队长,我对 NNDC 这组字母也做了解码。我们不去分析后面三个字母,单说这个 N。可以把这个人的姓氏圈定到这个范围,'南''那'或'内'。我们走访时,要重点注意这几个姓氏的男生。"

撒巴提愣愣地看着刘当,整个人像是被卡住了。

刘当笑着说:"队长,这是什么造型? 如果不是噎着了,就是刮目相看啰。"

撒巴提竖起了大拇指。

刘当说:"你成熟了。"

撒巴提笑了笑。

接下来,两人就未来的走访和调查各自做了分工。

刘当负责对车站、码头和左一帆所在的学校附近的宾馆进行走访,主查星期五、星期六和星期一出入以上地方的类似 N 的男生。同时,走访镜湖公园,看看有没有人在这些日子目击过 N。

撒巴提主要对全市的艺术类学校进行摸排。

9

三个星期后,撒巴提和刘当再次碰头。

刘当显得很沮丧,按照他和撒巴提设定的范围,并没有发现 N 的踪迹。其中,没有安装摄像头的地方,刘当出示了带去的画像,也没有一个人认出。

"你那边如何?"刘当叹了口气问。

撒巴提说:"包括私营的在内,走访了四家艺术公司,六家舞蹈教学单位,其中,重点摸排了市折子戏团和市舞蹈学校。"

"有眉目吗?"刘当问。

撒巴提说:"有点出乎意料,在走访市舞蹈学校时,其中的一个女生告诉我,看画像,这个 N 很像莽原文化传媒公司的一个导演。"

"姓什么?"刘当大声地问。

撒巴提说:"这个女生说,只听说人家喊他伦导,至于到底叫什么不清楚。"

"这个女孩和这个伦导是什么关系?"刘当问。

撒巴提说:"很讨厌的关系。"

"什么意思?"

"女孩说,这个伦导演经常在全市各个艺术团队转,打着星探的幌子,见到漂亮的女生就套近乎。大家都很讨厌他。"

刘当一拍手说:"有模有样了。"又说:"靠近了。这个伦导一定是条大鱼,现在正沿着我们的线索游来。千万不要放过。"

撒巴提说:"已经安排人去摸这个导演的底细。近期就会把这个人的具体情况反馈过来。"

"请求支援吧?"刘当激动地说,"赶紧给局长打电话。"

撒巴提摇了摇说:"老左是看结果的人,现在早了。对了,镜湖公园去了吗?"

刘当说:"去了。那个地方,对于左一帆来说,好像是个传说。"

撒巴提懂刘当的意思。

镜湖公园是"大跃进"时代的产物,最初也就是三个连在一起的小水泡。后来,玄武市搞招商引资,一个开发商为了从政府手里套得土地,承诺打造镜湖。前期确实做了一些投资,包括造人工岛,建文化亭,设立沿湖安全护栏,移栽树木等。待开发商卖光了手里的房子,去了苏州,这里立刻成了"遗腹子"。由于无人管理,夏天荒草连天,秋天满眼破败,冬天一片萧条,加上在城市边角,又淹死过无数的狗和猫,还淹死过一个拾荒的老头,平时,这里很少有人来。

刘当来到镜湖公园时,首先去了那个亭子,因为,根据成笑笑提供的信息,左一帆曾经在这个亭子里和 N 约会。

但是,亭子已经很破败,顶部开始漏光,栏杆上的红漆早就脱落泛白,地面竟然开了一条很大的裂缝。

在这里溜达了三天,刘当终于碰到一个下泥鳅的老人。攀谈中,刘当得知,老人一般是傍晚时下钩,早晨来取,每天如此。于是,刘当便问起老人,有没有看到过一个女孩和一个男孩在这个亭子里。老人想了想说:"看到过。"

"什么样子?"

"个子不矮,亮亮堂堂的。"

刘当拿出左一帆的照片,问:"是这个女孩吗?"

老人在裤腰上抹了抹手上的水,眯缝着眼,用力地看了看照片说:"看不清。"

刘当误会了老人的意思,就把照片向老人面前推了推。

老人的目光离开了照片,看着满湖的野芦苇说:"每次来,都想趁着天亮,赶紧把钩子下完,哪有细工夫看女子?"

刘当把左一帆的照片收起来问:"就她一个人吗?"

老人说:"一般来说,我要带两百多只钩子,等到把这些钩子全部下好,要一个多小时。这个时间里,我就看到她一个人。"

"没看到过其他人吗?"刘当问。

"对了对了,"老人邀功似的说,"有一次,公园里好像有一个男人,不过,离这个女孩很远,在那边的土磴子上坐着。"

"那男的多大年龄?"

"看不清楚。"

"那女孩和那男的走到一起过吗?"

"没看见。手里活忙不过来,哪有时间观察这个事。我走后,他们是不是走到一起了,就不知道了。看那个样子,女孩是等人的。事先不约好,哪个女孩这么大胆,敢往这跑?"

"你看到过几次?"

"这大半年,至少有五次朝上。"

"最近一次是哪天还记得吗?"

"二月二。为什么记得这么清楚呢,因为,我家孙子剃毛头,呵呵……"

这就是刘当和那个老人对话的主要部分。

听刘当叙述完后,撒巴提提问:"在那里没看到摄像头吗?"

刘当说:"那鬼地方哪有那东西? 我还特意找了几圈,没看见。"

撒巴提不吭声了,过了一会,他说:"明天,我俩再去一次。"

10

第二天上午,撒巴提和刘当参加完早学习,开着车子去了镜湖公园。

镜湖公园里没有好路,撒巴提把车子停在路边后,就跟在刘当后面向公园深处走。

他们直接来到那个亭子里。

撒巴提至少有一年多没往这边来了，站在亭子前，撒巴提发现，镜湖公园远比他想象中更为杂乱。四周的树上，到处都是鸟巢，一些叫不出名字的野鸟，在树间穿行着，见有人来，互相提醒着，发出一阵阵嘶哑的难听的声音。

湖水倒是非常清澈，在阳光下波光粼粼的。先前，那三个水泊已经被开发商打通，成了个大湖，现在一眼看去，很有浩瀚和缥缈的感觉。

撒巴提用脚蹭出一块石头，然后捡起来，掷向湖面。

从石头落水的声音和水花呈现的状态，撒巴提感到湖水非常深。

来前，撒巴提向刘当说了自己的想法，那就是在公园里寻找一下，看能否找到摄像头。

很遗憾，两人在公园里转了一个多小时，对仅有的零散的建筑物做了勘查，都没发现摄像头。

一个小时跑下来，两人都累得够呛，撒巴提在草里走得很深，很远，裤子上留下许多草籽和花浆。看着满目的野草，撒巴提非常失望。

就在这时，刘当向湖的西北角看去。七八百米远的地方就是一条公路，公路边上盖了许多房子。

撒巴提说："太好了。"

刘当不解，看着撒巴提。

撒巴提一挥手说："上车。"

半个小时后，撒巴提和刘当把车子停在了一排房子前。

这排房子显然都是休闲场所，到处都挂着幌子，那些店铺的名字起得一家比一家暧昧，装修也一家比一家别致。因为有住宿，房子前面的大广场上停着各种各样的小车。

虽然在玄武工作,刘当却没有来过这里,此时,他显得很兴奋,但是,撒巴提却一脸的严肃,开始在房角和屋檐下转悠起来。

待转到一个叫弄墨的茶吧前,撒巴提停了下来。

这个茶吧离湖边似乎更近,右侧有一个大点的停车场,显然是为了监看停车情况,他们在屋角竖起了一个高高的杆子,杆子上架着一个摄像头。

撒巴提目测了一下,这个摄像头角度正好对着镜湖公园。

这会,刘当终于懂了撒巴提,他向撒巴提竖了一下大拇指。

撒巴提说:"找他们老板。"

很快,撒巴提和刘当就和弄墨茶吧的老板接触上了。听说面前的两位是警察,尤其是撒巴提,没有一丝笑容,左脸颊还有一块刀疤,老板倒茶时,手抖个不停。

这种状况足以说明,老板心里有事,这会,面对撒巴提和刘当,就等于两面镜子放在他面前,照得他心慌。

撒巴提看出来了,但是,他想的是摄像头的事,就说:"这次来主要还是访问一下安全防护问题。"

老板并没有因为撒巴提这句话而放松警惕,诡异地笑着,说:"领导吩咐,需要我们做什么尽管说,费用不成问题。"

撒巴提挥了一下手,表明对方误会了自己的意思,然后表明自己想查看一下屋角摄像头录像。

老板这才放松下来,并马上喊来一个厨子,也就是摄像头录像的兼职管理者。

因为要倒查一到两个月的数据,撒巴提要求把硬盘带回警局,老板同意了。

当晚,撒巴提和刘当坐在视频科轮换看摄像头拍的录像,到了深夜两点,撒巴提把已经在视频科沙发上熟睡的刘当喊起来了。

刘当像是被叉子挑起来一样,一下子就跳到了撒巴提身后。

在2月16日星期天下午5点23分的视频记录上,撒巴提和刘当看到,远处的亭子里出现了一个女孩的身影,虽然很远,但是,还是可以看出那女孩正是左一帆。

撒巴提非常兴奋,他一边揉着有点红肿的眼睛,一边点上一支烟,说:"有了,有了,等着吧。"

刘当懂撒巴提的意思,他拖过一把椅子坐了下来,目不转睛地看着视频。

但是,一直盯了一个半小时,那亭子里只有左一帆一个人。不一会,夜色和雾气都上来了,左一帆的身影便渐渐地模糊消失了。

撒巴提不死心,又往后看,接着,在2月22日和3月6日,都看到了左一帆在亭子里徘徊的身影,但是,那个N一直没出现。

"怎么回事?"撒巴提问。

刘当说:"只有一个可能。这个家伙非常狡猾,每次都在夜幕降临时才出现在左一帆面前,而这个时候,我们是看不清的。"

撒巴提说:"如果真是这样,这个N就很危险了。"

刘当点了点头,问:"队长,这个事要不要跟局长说。"

撒巴提挥手制止说:"老左要是看到这段录像,会彻夜难眠的,再等等。"

11

又苦熬了几个通宵,撒巴提和刘当把前几个月的视频也分段看完了。在这三个月内,左一帆在那个亭子里出现了七次,都是下午 5 点多钟到,然后一直待到夜幕降临,其间均未发现 N 的身影。

失望、焦虑像水一样漫上了撒巴提的全身,而最令撒巴提感到压力的是,这些日子,在局里和左国正见面时,左国正虽不提这个事,脸色却越来越难看。撒巴提想汇报一下进度以减缓一下自己不安的内心,但是,以目前的结果看,左国正不仅会不领情,还会因为女儿经常只身去那个亭子而充满焦虑,转而对自己更有看法。一时间,撒巴提感到浑身上下都被拧满了螺栓,紧得心慌。

那天,撒巴提在纸上反复推演这件事,写出许多种可能:

1. N 可能是个狡猾的猎手,一定要等到天黑再出现。

2. N 可能是外地人,每次赶到镜湖公园来时,天已经黑了。

3. 左一帆喜欢在那里思考高难度的题目,并常常有灵感。

4. 镜湖公园改造后,已经有多起溺水事件,死亡者既有老人、孩子,也有年轻人,N 可能是其中之一,而这个溺亡者曾经就是左一帆的恋爱对象。

……

对于以上种种可能,撒巴提做了多轮的推演和排除,纸上面出现了各种充满信息的符号。但是,反复推演,撒巴提只觉得头昏脑涨,一片混乱,最后,他把一茶杯水一饮而尽,然后把茶杯狠狠地砸在垃圾篓里。

外面下雨了,令人不解的是,春天的雨竟然下得这么大,下得窗外都起雾了。

这时,刘当从楼上走了下来,他看了一眼垃圾篓里的茶杯说:"这雨多好,泻火!"

撒巴提的头发很乱,看上去好像是被打劫了的河神,听刘当这么说,他捂着脑门说:"是啊,把所有的可能都冲得稀碎,完全乱了。"

这时,刘当用一次性杯子为撒巴提倒来一杯水,说:"队长,恕我直言,这件事,本来就是小题大做。尽管如此,我们也尽力了,放放吧,我按照你的指示,和周老师联系好几次了,左一帆一切正常,天下太平。还有,这几天,我和左局碰到过几次,也没问这个事。"

撒巴提连连冷笑了好几声,然后说:"是啊!他和你见面没说什么;和我见面时,满眼里都是话,我懂。"

刘当一仰头,做了个十分夸张的动作说:"我去,局里要办诗社了,可以用眼神说话,真浪漫。"

就在这时,撒巴提的手机响了。"有好消息!"刘当在旁边喊。撒巴提挥了一下手,示意刘当声音小些。

接完手机后,撒巴提脸上的表情明显放松了,说:"好!这个消息,镇定解痛,穿肠子贯气,出发。"

刚才的电话是井口区派出所打来的,前些日子,按照撒巴提的要求,井口派出所对那个和 N 相似度最高的导演做了调查,目前,此人的信息已经比较齐全,姓那,沈阳人,叫那伦。

在车上,刘当一边开车,一边不停地拍打方向盘,嘴里兴奋地喊:"那就是他了。N 正是'那'字拼音第一个字母的缩写,还有长相、气质、年龄、身高、学历……"

在刘当兴奋地手舞足蹈时,撒巴提一直没说话,他在想,便宜没好货,这世界上,凡是轻易得手的,未必是好东西。"如果是英文呢?"他脱口而出。

刘当说:"呵呵,队长也懂英文了,如果左一帆偏好用拼音编码呢。其实,一加一等于几的这个问题,有时用简单思维判断可能会更容易接近答案,队长你没觉得许多事,都因为人为地复杂化,要走很多弯路吗?"

撒巴提没有搭话,他认为刘当说得有道理。

因为是市局来人,井口派出所非常重视,廖所长带着三个片警早早就在门口等着了。待迎上了撒巴提和刘当,几人在会议室聊了起来。

廖所长介绍了侦查经过。莽原文化传媒有限公司的主业是广告策划和制作,但是,随着近年来反腐力度加大,政府广告难做,公司拓展了新业务,就是和土豆网、爱艺网以及上海的大汀网站合作拍摄和发布影视短片。那伦就是该文化传媒公司影视部的导演。

从外围调查来看,此人在公安系统虽然没有不良记录和前科,但是在社会上或者说在圈内,口碑不好,属于地道的花花公子。由于长得帅,口才好,加上能歌善舞,身边总是少不了漂亮女生。女友基本上一月一换。在圈里,这叫换衬衫,但是,那伦自己有说辞,叫普遍考察,为公司选秀、栽花。

"你们接触过这个人吗?"撒巴提问。

廖所长从抽屉里拿出一沓照片来,那上面全是那伦参加活动的照片。真的很帅,很像韩国歌手、演员和模特以及音乐制作人郑智薰。"撒队长可想和这个人接触一下?"廖所长问。

撒巴提用手在自己那个毛茸茸的下巴上拧了一下说:"在这个人身上,我还想多做些功课。"

接下来,撒巴提把自己的想法说了出来,他想派人对那伦进行跟踪,重点跟踪时段为星期五、星期六和星期天。

廖所长做了表态,因为人在他的辖区,他愿意出警力配合。

在刘当带着井口的两个片警分时段对那伦进行跟踪时,撒巴提又约见了成笑笑。

撒巴提认为,在左一帆这件事上成笑笑是一座富矿。就两人关系而言,成笑笑显然要比左一帆更有心计,对外,她很好地利用了闺密这个关系,让人看出来,她是多么乐于助人;对内,不管左一帆是怎么想的,她却把左一帆当成了具有威胁性的对手。

这种心态,一旦具有攻击左一帆的条件时,会显得更为扭曲和活跃。

为此,撒巴提想利用成笑笑的这种心态,在成笑笑那里挖掘和印证一些东西。

再见撒巴提,成笑笑显然比上次放开了很多。

撒巴提问的第一个问题是:"左一帆可有崇拜偶像?"

成笑笑说:"一帆可潮啦!什么时髦赶什么。要说崇拜者,那可就多了。"

"喜欢韩星吗?"

"喜欢喜欢,连过气的韩庚她都喜欢得要死,嘻嘻……"

"郑智薰。"

"啊!你也知道郑智薰啊!她老喜欢啦。"

撒巴提非常满意。他问:"你们课外活动时间多吗?我是说学校安排的。"

"哪有——"成笑笑拖着很长的声音说,"我们的活动场地基本上就是32K。哦!你可懂?"

撒巴提说:"也就是说,除了让你们看书做作业,很少有活动安排。"

"我想想,我想想。"这时,成笑笑主动说,"有的,去年春天,五四青年节学校组织学习尖子到北大观光,我们出去过一次。一帆也去了。"

撒巴提发现成笑笑主动提到了左一帆,他便"上手"说:"在北京,左一帆都见了什么人?"

成笑笑:"那次很不开心哦!我们三人一组,结果我们组出事了。5 月 5 号下午,我们刚从公主坟地铁站出来,一帆就提出去看一下她的同学,结果,我们等了好久才等到她回来。等她到了已经快到 6 点了。"

"她去了哪里?"

成笑笑笑了,最后说:"她当天晚上失眠了,她说她去见了他。她说到他时,脸上一直红着。"

"在什么地方。"

"鸟巢。"

撒巴提核对着:"2013 年 5 月 5 日、北京、鸟巢、15 点到 18 点之间。很好,对了,你上次为什么不说。"

成笑笑有点调皮地说:"一直在等你们来呀。"

撒巴提也笑了:"谢谢你,请回吧。"

成笑笑向撒巴提鞠了一躬就走了,走到门口时,她忽然停下了脚步。

撒巴提以为成笑笑想到了什么,正要问,成笑笑转过头来,笑着说:"现在,我已经知道你们是谁了。"

撒巴提问:"说说看。"

"Secret police。"

成笑笑说完,轻轻地掩上门,走了。

撒巴提见成笑笑走了,立刻喊来了周老师。他交代说:"成笑笑可能已经猜到了我们的身份,请你马上找她谈话,对外千万不能泄露我们调查左一帆的事,尤其是不能让左一帆知道。"

12

　　一个星期后,还是在井口派出所,刘当向撒巴提汇报了跟踪那伦的情况。

　　效果不是太好,在原先划定好的时间段,跟踪人员都没有发现那伦去过镜湖公园,也没有发现和左一帆接触,连左一帆所在的那个学校,那伦都没有去过。

　　"和别人有接触吗?"撒巴提问。

　　刘当笑了笑说:"名不虚传,几乎一天一个,清一色美女,最长的能在茶座待一天,最短的半个小时就散。"

　　撒巴提很失望。

　　对于这次跟踪,撒巴提是充满期待的。综合相关信息,他有百分之七十的把握确定这个那伦就是那个 N。只要坚持跟踪,只要那伦和左一帆见面,哪怕是接近,事情就算了结了。但是,从刘当反映的这个情况看,那伦好像和左一帆一点关系都没有。

　　见撒巴提叹息,不停地扳手指,刘当说:"见过这个人后,发现他确实不是等闲之辈,是不是身后有眼,觉察到了什么?"

　　"左一帆那边怎么样?"撒巴提问。

　　刘当说:"这期间,我跟周老师通了好几次电话,我要求她注意观察左一帆的情况,尤其是周五、周六和周日,最好设法控制一下,限制一下外出。周老师说,他们对学生不能搞这些,也没有这个权力。"

　　撒巴提觉得刘当的要求简直就是自作聪明,他说:"别说学校没有权力限制学生的自由,就是有这个权力,目前,唯有左一帆的自由不可限制。"

刘当说:"我懂了。"

这时,廖所长说:"撒队,要不接触一下?"

刘当忙说:"还是不要打草惊蛇了。"

撒巴提却说:"现在不是怕蛇受惊,而是怕蛇不出洞。"

于是,廖所长打通了那伦的手机。

显然那伦正在指导排练,舞台上传来一阵阵踢踢踏踏的声音。接到廖所长电话后,他显得很不耐烦:"请问有事吗?"这是他在得知廖所长的身份后问出的话。

廖所长说:"现在有时间吗? 有一件事想请你协助调查一下。"

"是说我吗?"那伦在那边问,"我正在排练。下午吧……OK!"

这时撒巴提做了个手势,廖所长把手机给了撒巴提。撒巴提说:"三十分钟内赶到井口派出所。"说着,先按了手机,接着把手机给了廖所长。

廖所长一边给撒巴提加水,一边笑着说:"不愧是左局的干将,那叫个霸气。"

不到二十分钟,那伦来了。

和那伦见面,是撒巴提必须要做的一件事,只是等机会而已,为此,之前他还做过许多工作,比如在网上检索了一下那个叫郑智薰的韩国演员,所以今天见到那伦,撒巴提心里的反差很大。

和郑智薰想比,那伦缺少了几分俊秀和清纯,更少了许多阳光。脸色也很不好看,一副酒色之徒的气象,手指细长而冰凉,握手时,撒巴提感觉自己握了一条小蛇,肩胛上起了一层鸡皮疙瘩。

见面后,那伦掏出一包软中华,分别给了撒巴提和刘当一根,然后自己并不抽,而是把半盒烟又装了起来。

见那伦没抽,撒巴提也把烟放在一边,然后抬腕看了一眼手表说:"时间有限,我们直奔主题。"

"谢谢!"那伦微笑着说,"我真的很忙。"那伦笑时,竟然露出两个浅浅的酒窝。

这时,撒巴提耷拉着眼皮问:"你认识左一帆吗?"

那伦淡定地说:"认识。"

"谈谈你们。"撒巴提说。

那伦又笑了笑说:"她读大学了吧?那是两年前的事了。"

刘当说:"不,在读高中。"

那伦看了一眼刘当,说:"哦!记不清楚了。公司要找平面模特,经人介绍我就找到她了。谈了几次,谈不拢。很冷傲,目光中有一种无法控制的力量。不过真的很漂亮,看一眼就完全被征服的感觉。身体、眼神,一切的一切都和她的年龄很不相配。你们相信上帝吗?她应该是上帝做的手术。对了,像王菲,但是又要比王菲漂亮十倍。我这种表达是自相矛盾的,但是,我觉得所有的形容词在这个女孩身上都支离破碎了。"

那伦的口才和文采立刻引起了刘当的反感或者说嫉妒,他问:"后来你们有过接触吗?"

撒巴提看了刘当一眼,因为,今天他是主谈,这些话不应该由刘当发问,好在刘当问的和自己所想的一样,为此,他就看着那伦的眼睛,等着他说话。

那伦又笑了笑说:"后来,当然……我不甘心,又去找她几次,但是,你要知道,她还在校,她要是不愿意出来,我是不能硬闯学校大门的。"

这样的一问一答是没有意义的。撒巴提感觉到这一点,于是,他把几个关键性的日子说了出来。这些日子有左一帆日记中提到的,有成笑笑提到的,有在弄墨茶吧视频里截取的。那就是 2013 年 7 月 2 日,2013 年 8 月 10 日,2014 年 2 月 22 日,2014 年 3 月 3 日等。

这些日子,左一帆要么在酒店等人,要么在镜湖公园的那个亭子里等人。

因为时间很久了,那伦无法将所有的日子都回忆起来,但是,对于最近几年的几个关键性的日子,他都说了出来,包括白天在干什么,晚上在干什么,有哪些证人等。"来,记一下他们的电话吧。"那伦说,在手机上翻着,然后把这些证人的电话一一都调了出来。"还有什么需要问的吗?"见刘当把电话号码都抄了过去,他问。

撒巴提微笑着说:"就这些了,谢谢! 麻烦了。"

"没关系。"那伦笑着说,显得非常诚恳,"其实,我蛮崇拜警察的。喜欢柯南道尔、希区柯克,也喜欢日本的推理小说。目前,我正在看江户川乱步的作品。下一步,我特别想在这种题材上有所作为。想为公司拍个'网大'系列,专门写你们公安干警。看,队长今天这个形象就非常酷。迷你款,让视觉全倾倒,很享受,很好!"

撒巴提说:"你感觉好就行,以后,我们一定会有合作的。"

那伦立刻做了个 OK 的手势。

那伦走后,撒巴提和廖所长碰了面。

"感觉怎么样?"廖所长问。

撒巴提说:"让人一点都不放心。"

"打算再跟踪吗?"

撒巴提摇了摇头。接着,他说出了自己的打算,并希望廖所长支援警力,逐一走访那伦的证人。

"这个没有问题。"廖所长说,"如果需要,我也可以参加。"

撒巴提摇了摇手,表示了拒绝,他接着说:"告诉他们每一个人,作伪证是要负法律责任的。"

13

调查结果,那伦所说的均得到了证实。也就是说,有关左一帆的几个重要的时间段,那伦都有不在场证明。

这个消息对于撒巴提来说是毁灭性的,这也意味着撒巴提和刘当在这件事上所做的功课,所付出的辛苦,都归为零,此事又回到了原点。

一下午,撒巴提坐在警务室内,一根接一根地抽烟,弄得警务室跟放毒气一样。这期间,刘当是出去咳,进来咳,一肚子抱怨,但是,见撒巴提脸拖得跟扫把一样,又心疼他的徒劳和苦恼,就不吭声了。

撒巴提直到抽得舌头发麻了,这才停下来。刘当把握好这个时机,坐到了撒巴提的跟前。

撒巴提看着刘当突然笑了,然后不停地摇头。

刘当却从撒巴提的笑中体会到一种苦楚和无奈,他安慰说:"队长,蛮好的。对于真相来说,这个结果也是一种贡献嘛!因为,它毕竟帮助我们排除掉了一个人。"

撒巴提又摸出一根烟来,或许是实在抽不动了,就把那支烟拿在手指间来回转着,然后苦笑着说:"你这样说,大小也算是一粒止疼片。"

刘当笑了,然后问:"下一步怎么办呢? 向老左汇报吧?"

撒巴提没有反对,但是也没有说话。

刘当说:"没有功劳也有苦劳,你不说,左局怎么知道我们做了这么多努力呢。"

这时,撒巴提叹了口气说:"我还是不死心。"

"你是说那伦,还是……"

撒巴提不回答刘当的话,只顾在自己的手机上拨着。拨了一会,那边有反应了,撒巴提把手机按在耳朵上,笑着说:"晚上见一面吧。"

那边显然很干脆,撒巴提很快就把手机挂了。

晚上 6 点 20 左右,撒巴提和那伦在江下鱼馆见面了。

四五月在江下一带,有一种鱼叫江鸡子,又叫水乳猪。这种鱼唯有江下段有,肥、鲜、嫩、大。抓到后,如果倒提着,嘴巴里会有乳汁滴落。所以,每到这个季节,江下段都会出现许多临时帐篷。那些帐篷花花绿绿的,像是谁在江边栽满了花。其间,许多渔民都会到这里赶生意,他们先去捕鱼,待打上来的鱼装满了篓子,就把船一一停在江边,右手提着刚捕的鱼,左手拿着秤,挨个店门问。食客现场买鱼,店家现场杀。

鱼很贵,一百五十元一斤。

那伦要了一条三斤半的,任由店家去宰杀烧煮了。

鱼馆是那伦选的。听说一条鱼要几百元,加上烟酒,可能要往千字头上去,撒巴提有些过意不去,说:"今天的单我买了。"

那伦笑着说:"可以。"说着,将两条烟放在了撒巴提身边。

撒巴提看了一眼,见是软中华,只是推托了一下,就收下了。

"耽误你时间了。"撒巴提抱着手里的烟,看着那伦,眯着眼,满带笑意地说。

那伦说:"队长请我,我受宠若惊啊!呵呵……"

在那伦为自己沏茶时,撒巴提说:"老弟,先道个歉。前些日子,不是太礼貌。"

那伦笑了："例行公事，职业习惯，我理解。还感谢你给我一个体验生活的机会呢。"

两人都笑了。

扯了一会，鱼上来了，江边的灯火也上来了。顿时浓郁的色香味儿充满了小屋。

那伦远比撒巴提想象得要粗犷，他一次点了两瓶酒。酒上来后，完全不顾撒巴提的劝说，伸手拿起碗，咔咔咔，将两个酒瓶嘴子都敲开了，然后和撒巴提一人一瓶，面对面对吹起来。

当各自的酒瓶里的酒下去一半，两人嘴上都不利索了。

"哥，你们跟踪了我，呵呵，够狠！"那伦笑着说。

撒巴提表示歉意地摇了摇手。

"哥，你们调查了我，够狠！"

撒巴提又摇了摇手。

"哥，你们还拍了我的照片，够狠，哈哈……"

"来！"撒巴提说，两人拿起酒瓶子，互相碰了一下，那伦的瓶子好像开裂了，有一条明亮的线，顺着瓶子飞快地跑了起来，等跑不动了，就在瓶颈那站住了。

撒巴提抹去嘴上的酒水，和那伦说起了知心话，也解释了为什么要跟踪和调查那伦。

那伦听完后，笑着说："哥，恕我直言，当初和这个女孩见第一面后，就觉得她长大后，一定是个十恶不赦的花痴。所以，我觉得哥，你们的这个献媚工程，可能是徒劳的。还有，我觉得哥，这个 N 未必还在，不不不，未必存在。我觉得是这个女孩自娱自乐的产物。哈哈哈……女孩也会有幻想嘛。要想找到这个人，怎么办？哥，那就得进入这个女孩的梦幻世界。在那里，你们或许能和这个 N 直接碰面。呵呵，这事太花哨了……"

撒巴提笑了笑，端起酒瓶喝了一口，他觉得搞艺术的人真不靠谱，怎么能想出这个答案来。

他说："老弟，有件事，你还要帮忙。"

"哥，你说。"

撒巴提拿出技术科为 N 做的模拟画像说："我们综合分析了一下，这个 N 可能就在你们艺术圈里。你老弟见多识广，视角大，场子也多，又在业内，工作之间，休闲之余，为我们带着找找这个人。一旦有线索，立刻跟我联系。"

那伦拿起那张画像看着，然后笑着问："哥，也就是说，你们要我做眼线？"

撒巴提说："我们叫公安协查员。"

那伦笑着说："其实，我喜欢'眼线'这个词，神秘，呵呵……"说着，他站起来，摇晃着去找洗手间去了。

待两人要走时，那伦说："谢谢哥的盛情款待，账走完了。"

14

江下鱼馆分别后，撒巴提和那伦联系得比较频繁。有时，撒巴提打那伦的手机，有时那伦打撒巴提手机。

那伦告诉撒巴提，他已在全城下了他的网和钩子，就等猎物出现。他还说，他把身边的女孩都动员起来了，那些女孩看过 N 的画像后都十分兴奋，纷纷要求加入"狩猎"队。

那伦也安慰了撒巴提,他为撒巴提做了分析:目前,学生正处在集体冲刺阶段,左一帆没有时间去想那个 N,也没有多少机会溜出来。相对而言,那个 N 自然也不会出来的。

"知道你压力大。"那伦说,"不过,这个阶段你就放心睡大觉吧。我保证 N 不会到那个亭子去,也不会去什么酒吧。"

那伦的这番话对撒巴提来说很安慰。他也真的安心地过了几天,但是,镜湖公园没有休息,那个亭子也没有休息,许多事件都在路上走着,一直走着。

这个下午,天气非常好,人们仰头时可以看见醉心的蓝天。镜湖公园的水倒映着蓝天,显得更大,更深,更圆。

下午 5 点 10 分的样子,左一帆出现了。她背着书包,穿着咖啡红风衣,加上个子高挑,走路头略向前倾,看上去特别显眼。

她先是沿着湖边走了一会,然后走进亭子。亭子里,她放下书包,简单地梳理了一下自己的头发,然后站在那里一动不动地看着不远处的树木发呆。

此时,群鸟正在归巢,它们一群一群地飞来,傍晚的天空被它们的翅膀划得斑驳陆离。

在那个亭子里,以那个姿态,左一帆一直待到湖面上起了雾气,然后是暮色四合,轻纱一般从天而降。

就在这时——6 点 10 分的样子,从一簇芦苇荡里走出一个男子来。个子很高,穿灰色风衣,扎黑点白底围巾,带黑色口罩,双手深深地插在衣兜里。男子出了芦苇荡后,并没有犹豫,而是径直向亭子走来。

男子走得很慢,可能正是因为这点,男子快走到离亭子十几米远时,才引起左一帆的注意。

但是,左一帆没有动,也没有显出很害怕的样子。她只是默然地冷静地看着这个男子,看着他的口罩。其间,她还走出亭子,向男子走近了几步。

这样,那男子便和左一帆面对面地站着,足有三分钟之久。

不久,男子迈动脚步,再次向左一帆走来。走得离左一帆很近时,他开始和左一帆说着什么。最后,他上前一步,拥住了左一帆,然后转身向芦苇荡的方向走去。此时,左一帆的书包还在亭子里,那男子并没有提醒左一帆。

走了几步,左一帆忽然停了下来,然后执着地看着男子的眼睛。那男子劝说着什么,但是,左一帆却用身体让开那男子的手,向后退了几步,确切地说,向亭子的方向退了几步。

那男子忙上前一步,扯住了左一帆的胳膊。左一帆的身体在男子的拉扯下开始变形,最后,两人扭打起来。

突然,那男子发现了什么,转身跑开了。这时,从湖的另一侧,两个男人飞快地跑来。跑在前面的男人边跑边喊:"站住,站住!"

这两个男人正是撒巴提和刘当,他们跳过一个沟坎,抄近路逼近风衣男,撒巴提还掏出了枪,很难听地骂了一句,接着向天空连连鸣枪。

就在撒巴提的枪声散去后,风衣男已经消失在浓郁的暮色之中,而当撒巴提和刘当返回亭子时,左一帆也不见了。

刘当说:"队长,快! 可能上公路了。"说着,就要往前跑。撒巴提说:"要是原路回去了倒好,先四处找找。"

两人便四处寻找起来。这时,天光完全消弭,远处的灯光散发到这里,已经显得微弱了。四处显得沉重封闭起来。两人只好打开各自手机上的电筒,弯着腰,在湖边那些茂密的草丛寻找起来。

找了三十多分钟也未见人影，刘当显得很沮丧，抹着脑门上的汗，看着波光粼粼的湖面，一副忧心忡忡的样子。撒巴提倒是放心了，他说："走吧。"

15

一个小时后，撒巴提和刘当来到了玄武一中。他们喊来周老师，简单做了一些交流，然后便在办公室坐了下来。

不一会，有人敲门了。"请进。"撒巴提说，顺手把香烟灭了。这时，门被推开了，周老师走了进来，后面跟着左一帆。

在自己家，左一帆见过撒巴提和刘当，这会见是二人，她显得很意外。

"你们聊。"周老师说，又对左一帆说，"别怕，我在隔壁办公室等你。"

左一帆没有说话，目送着周老师一步一步地走出办公室。

"一帆，还认识叔叔吗？"这时，撒巴提说。

"叔叔好。"左一帆说，脸上一丝表情都没有。撒巴提发现，和上次见面相比，左一帆黑了不少。

这时，刘当让左一帆坐了下来，撒巴提说："一帆，跟叔说实话，那个人是谁？"

左一帆显然还未从惊吓中缓过来，人显得有些木讷，眼神也有些凝滞，半天才说："……不认识呀。"

撒巴提说："不认识。见面后，你们说那么多话，还说不认识。"

左一帆的眼泪突然就流了下来，她懊恼地充满愤懑地说："他说他是……"

"N,NNDC 是吗?"刘当问。

听刘当这么说,左一帆十分意外,直直地看着刘当,眼神渐渐由意外变成了惊恐。突然,她一下子捂住了自己的嘴巴,哭着跑出了门外。

这时,周老师跑了进来,连声问:"发生了什么事? 一帆?"

撒巴提说:"跑了,就说了两句话……"

周老师忙追了出去。

从一中出来,撒巴提立刻和左国正取得了联系。

此时,局里的案情通报会刚散,听撒巴提说那个 N 出现了,他为之一振,立刻让两人到他办公室来。

到办公室后,撒巴提把最近一阶段的侦查情况做了详细汇报,重点汇报了今晚的情况。

原来,自从上次在弄墨茶吧无意中发现那组摄像头可以观察到镜湖公园的那个亭子后,撒巴提就做了部署,要求店主要时刻注意那个亭子里的情况,尤其是星期五、星期六和星期天的傍晚时分。一旦发现情况,在第一时间打自己的手机。

今天下午,当左一帆一出现在湖边,店主就打了撒巴提的手机。此时,撒巴提正在玄武东城水库的一个凶杀现场勘查,接到电话,他和同事简单交代了一下后,带着刘当就赶了过来。

左国正非常高兴,他拍了一下撒巴提的肩膀,又拍了一下刘当的肩膀。

他高兴的是,撒巴提和刘当不仅帮他找到了这个 N,而且从 N 对左一帆的行为上可以判定,他不是个好人。有了这个定性,下一步就好办了。

"局长,很惭愧,我们没能亲自将他交到你手上。"这时,撒巴提满脸惭愧地说。

左国正说:"早,早不过十五;晚,晚不过十五。早晚就几个小时。"

接下来,左国正做了部署。

16

由于属于长三角经济区,玄武车站的客流量非常大。整个售票大厅四路一个方阵,排出了六七个方阵。买到票后,等待安检进站的旅客,从售票大厅蜿蜒了几十米,一直排到检票口。

大厅内,安检进来的旅客,又在电梯口堵成了一团。这时,一个白发苍苍、留着山羊胡的老头,背着帆布包,挂着拐杖,颤巍巍地来到电梯口。好在挤成一团的人,见是一个老者,自动让出一条道来。可是,这老者到了电梯前,试了几次,就是不敢上电梯。这时,站在老者身后的两个姑娘,一个帮老头拎包,一个搀扶着老头上了电梯。

从一楼到二楼候车大厅,电梯非常高,非常陡峭。待到了二楼,老头吓得两腿一个劲地哆嗦。旁边帮着拿包的姑娘,便一个劲地劝慰着。

就在那个搀着老头的姑娘刚撒手的时候,撒巴提快步走了过来。走到老头身后,撒巴提突然一个锁喉,将老人重重地掼在地上。

众人见状大惊失色,那两个姑娘则大声尖叫起来。

那老头竟然在撒巴提扑上来时,一个鹞子翻身,迅速闪到了一边,然后站起来,找准来抓自己衣服的撒巴提,狠狠地打过去一拳。

这一拳正打在撒巴提的脸上。撒巴提冷不防,身体一失重,摔在了地上。

见撒巴提摔倒,老头撒腿向出站口跑去。

当老头跑到出站口时,迎面扑过来三个男人。这三人也毫无章法,就像三块石头,胡乱一扔,纷纷砸在老头身上。那老头躲过了一块,没有绕过第二块、第三块,一下子就垫在了下面。

很快,老头就被戴上手铐。这时,撒巴提跑了过来,他满脸是血,眼睛也肿了,走路时似乎还有些瘸。

撒巴提走到老头身边,一伸手,将老头的面具揭了下来,原来正是那伦。

撒巴提连连扇了那伦三个耳光,说:"还学艺术的呢,连下巴都包上了,手怎么就忘了做硅胶了?"

那伦说:"警察打人了!"

撒巴提又给了那伦一记耳光。

那伦说:"我保留起诉你的权利。"

撒巴提挥拳还要打,那伦头歪着躲。撒巴提那一拳也没有落下来。

这时,撒巴提掏出手机给刘当打电话。

此时,按照左国正的部署,刘当正带人去莽原文化传媒有限责任公司抓人。

听说抓到了那伦,左国正非常高兴,他在手机里小声地对撒巴提说:"先以袭警罪拘留。"

审讯结果令左国正非常失望。

左一帆高一那年,那伦因为为公司物色手模和平面模特,找过左一帆。那时,左一帆虽然还一脸的稚气,但是,那种清纯的美一下子就迷住了那伦。尤其是氤氲在左一帆眉宇间的那种忧郁之美,让那伦夜不能寐。

但是,左一帆对一切都好像漫不经心,对在自己面前刻意表现和精心修饰的那伦,几乎是不闻不问。这使那伦在自尊心受到蔑视的同时,也产生了一个奇怪的心理，那就是，一定要占有这个女孩，唯有这样才能形成内心的平衡。可是，这终究是他的妄想，当左一帆拒绝了他的邀请，并在后面时间消失得无影无踪时，他的欲望最终像一条老死的蚯蚓一样，烂在时光的泥巴里。

一年后，他万没有想到，那条该死的蚯蚓又受到了呼唤，他再次听到左一帆的消息。最让他兴奋的是，那天在江下鱼馆，当酒喝大了的撒巴提和自己说了知心话，在请自己帮忙寻找 N 时，透露了左一帆常在周六或者周日去镜湖公园的消息。

正所谓说者无心，听者有意，那伦的邪念在那个时候比江下鱼的刺还坚硬和锋利。

其间，他连着几个星期去了镜湖公园，但是，都没有等到左一帆，这一次，他终于碰上了。

17

左国正病了。脑袋里如同装了一坨铁，两条腿则如同剔除了筋骨，软软的。接连几天，如果不去扶身边的东西，他都不确信自己能不能站起来。

当年在老山前线，他带领连队从头天凌晨进入阵地，一直打到第二天下午 3 时。从一个连打成了一个排，又从一个排打成只剩下一个班。活着的战友和死去的战友，牢牢地控制着阵地，一直等到增援部队赶到，硬是没让一寸土地失守。但现在，他感到满城坍塌，完全失控了，不用说，那伦不是 N，不仅如此，还差点让他钻了空子，要了女儿的命。

那个 N，你到底是谁呢？这分明是要挖空左国正的脑子。

随后,人们发现,左国正连续两个月很少沾办公室的板凳了,有时去上海待一段时间,有时在北京待一段时间,还频繁地去省城的一些大学。

今天是 8 月 23 号,左国正把撒巴提和刘当喊到自己办公室。

有一个星期没有看到左国正了,这一见左国正,两人都吓了一跳。

看上去,左国正非常疲倦和憔悴,两鬓见白了,眼睛下陷了,颧骨升起了。由于抽烟过度,他的食指和中指被熏得焦黄,脖子也细了许多,看上去似乎有些弯曲,脸上常见的那种自信和霸气荡然无存了。

见撒巴提和刘当走进来,他分别扔了一根烟,待两人坐稳当了,他深深地吸了一口烟说:"一帆的事有劳两位大侦探了。"

平时,左国正对撒巴提和刘当管教很严,骂得多,表扬得少;今天左国正的表扬让两人还有些不习惯,尤其是刘当,身子明显歪了歪。

又说,这件事到此为止,就不要再声张了。

撒巴提和刘当连忙做了承诺。

"那就这样吧。"左国正说,"全身心投入工作吧。"

至此,撒巴提和刘当都觉得,关于左一帆和她那个神秘的 N,就算"消磁"了。

但是,仅仅过了几天,撒巴提和刘当又按照左国正的指示去了玄武一中。

尽管还在假期,但是高二实验班和高三学生并没有放假,偌大的校园里一片寂静,但是,许多教室里还是很热闹。

因为事先打了招呼,撒巴提和刘当在办公室刚坐下不久,周老师便带着左一帆来了。

见到撒巴提和刘当,左一帆并没有喊叔叔,而是表情紧张地看着撒巴提。"一帆,坐下吧。"这时,撒巴提说。周老师也搬来凳子说:"一帆,坐。"

但是,左一帆还是不愿坐,只是盯着撒巴提的脸看,眼神中既有戒备,也有期待。

这时,撒巴提和刘当对视了一下,撒巴提说:"一帆,这次来,我们是想代表刑警队向你说一件事。……这个,是一个很不好的消息,希望你能挺住。"

听撒巴提这么说,左一帆眼睛睁得出奇的大,两只拳头下意识地收拢,最后攥得紧紧的。整个人屏住呼吸,死死地盯住撒巴提的嘴。

接下来,撒巴提把情况向左一帆做了介绍。

3 号上午,那个常在镜湖公园抓泥鳅的老头来报案,说他在镜湖公园发现了一名溺亡者。

接到报案,刑警队立刻出动。在湖边将一具男尸打捞了上来。

男士 183.6 厘米,国字脸,浓眉,穿韩版黑色风衣,双下巴。脸颊有淡淡的络腮胡。

经法医解剖,食道里发现水草和水藻,无明显外伤和钝器打击伤,可以判断为落水溺亡。

死者带有钱包,内有人民币 853 元,无身份证,但是,死者留有一封信,正是写给左一帆的:

亲爱的一帆:

情感是一副迷药,我太贪婪了,所以被麻醉得也太深了,在你面临高考之际,我还这么想你,迷恋你,让你无法安心,真是罪恶。

一帆,我不是你心目中那个男人,我真的不配,我一再请你离开我,但是,你太依赖我了。而你的依赖、你的爱无不让我感到是一种罪过,近一个月内,我辗转反侧,彻夜难眠,不行,绝对不行,事情已经到了该了结的时候了,就让我走出第一步吧。

冷酷的 NNDC 于即日

"不!"看完撒巴提递过来的信,左一帆一边撕信,一边发出了绝望的喊叫声,眼泪一下子就飞射了出来,"他不会死的,我把他放在那么高的地方,谁也够不到,谁也伤害不了他,他至高无上。"

这时,刘当将几张照片展开,然后递到左一帆的眼前。

这是几张刑事勘查照片。

照片上,溺水的 N 躺在草坪上,盖上了洁白的床单。

左一帆一下子瘫坐在椅子上,呜呜地哭着说:"你好狠,你知道我对你多好吗?你知道我多么离不开你吗?你知道你对我多么重要吗?"哭着哭着,声音便低落了,然后人歪到了一边。

18

N 溺亡事件发生后,左国正终于放松了。但是,在和周老师谈到这个事时,他也谈到了自己的纠结和不安。

毕竟是女儿的恋人,又是一个那么阳光的小伙子,竟然要用生命来摆平这件事,有点太过残忍,尽管小伙子不是他推下去的。但是,周老师带来的消息还是安慰了他。

左一帆在玄武医院住了一个礼拜就坚决要求到校上课了。周老师安排成笑笑照顾左一帆,其实就是帮助校方观察左一帆。

那天,成笑笑给周老师发来一个截屏,是左一帆带到湖边烧的日记。

我的爱人：

相恋五年了,知道我多么爱你吗? 你怎么让我对你那么称心如意。你那么温暖,看你一眼,就如同一枝备受保护的花朵,幸福而温馨。

你走了,我完全孤独了,像一座瘦弱的冰雕。

我失去了依靠,你觉得我该怎么活下去呢?

亲爱的,请让我摸着你的脸颊说话。我会发奋读书的,一定要离开那个家,离开这个城市。

一定,哪怕一直带着孤独的体温。

当然,周老师没有把恋爱五年这件事,和"一定要离开那个家"这句话说给左国正听,她只说:"左局长,一帆一切正常,恢复得非常快。这个学期测试成了全年级第三。在班里稳坐第一。"

左国正这下就更放心了,当然也很意外。这个事件发生后,他承受了巨大的压力,夜夜睡不着觉,唯恐一帆一蹶不振,或者走向另一个极端。目前,孩子不仅很快从痛苦中走了出来,而且学习的劲头如有天助,这真是太好了。结局也太完美了。

这种完美,很快让左国正的工作享受到了福利,三个星期,四个案子完结,一个挂牌案件锁定了犯罪嫌疑人,自己已经被省公安厅列为行业标兵,报送给了相关部门。据内部传,左局长有空降到省直系统的可能。

正在左国正顺风顺水的时候,有人给他找麻烦了,这个人就是他的宝贝女儿左一帆。

撒巴提给他的第一封信被他随便扔进了抽屉里,接着,他每天都接到这种信,内容一样,要求一样,态度一样。

眼见着抽屉摆不下了,左国正坐不住了,他开始让周老师做左一帆的工作,据周老师说,工作做得非常成功。但是,第二天,公安局办公室就接到了左一帆的电话,电话中所说的内容和信里的内容一样。听说是控告本局局长谋杀女儿的恋人,这把接线员吓得半天喘不过气来。

那天,撒巴提把一沓电话单放在了左国正面前,苦笑着说:"局长,小黄说,她都想自杀了。"

小黄就是那个接电话的小女警。

"告诉她真相了吗?"左国正问。

"悄悄说了,但是,这种把戏重复的次数多了,也会使人绝望的。"

左国正半天没吭声,撒巴提给他递烟时,他因为走神并没有接,而是自己掏出一支烟点上了火。

这时,撒巴提笑了笑说:"局长,有一句话不知该不该说。"

左国正这才发现撒巴提手上有烟,他破天荒地打着火机,去给撒巴提点烟。撒巴提忙哈着腰,抢过左国正手里的火机,自己点了。抽了几口烟后,撒巴提笑了笑说:"局座可能把这件事看得过于简单了。在你心里,她是你的女儿;可是,在她心里,你原来的角色可能就不存在了啊,可能还要更可怕。"

左国正点了点头,他完全懂撒巴提的意思。

撒巴提进一步说:"局长,这件事不能再任由它往下走了。人说千里之堤,毁于蚁穴,这句话可是花了大成本才总结出来的。有的全军覆没,有的家破人亡,有的水中月、镜中花,还有更惨的。"

　　当撒巴提说完后,左国正没有说话,也没有点头,只是用手指不停地抹着落在桌面上的烟灰。那些烟灰在他的手指下,诡异地变化着,有的要立起来,有的要游走,有的则张着血盆大口,意欲吞噬着什么。

第二章

$Y = ?$

主要人物：

高个子 —— 男？ 职业？

矮个子 —— 男？ 职业？

第三个黑影 —— 男？ 职业？

8 月 19 日,天气先是闷热异常,接着有云在东南角堆积,那云越来越多,越来越大,越来越黑,直到大地被一片黑影所笼罩。突然,四处起风,那云便动了起来,接着,一道霹雳晃过人们的眼睛,那块巨大的云被打成了令人恐怖的龟裂状。

下雨了,这些雨是狂风夹带而来的,显得那么密集,那么凌厉,四处的物体在巨大而杂乱的敲击声中,战栗着,摇晃着。

这雨从下午 4 点开始,一直下到第二天凌晨。

去年,左国正已经买了商品房,但是,考虑到左一帆的学习,一直就没搬,还住在玄武山脚下的那栋自家盖的三层小楼里。在风雨中,此楼显得非常孤独,四处的树木在狂风中飞舞着,如同一个个巨兽,伸出长长的舌头,不断舔食着猎物。

凌晨 2 点,一道霹雳划过夜空,两个人影向左正国家靠近。这两个黑影一高一矮,都穿着雨衣,其中高个子的雨衣背后有一个大大的 Y 字,矮个子手里则拎着一个箱子。

看来箱子很重,在向环绕在楼体外的楼梯上行走时,矮个子显得非常吃力,身子向一边歪斜着。

过了一会,两人走进了二楼楼道。这时,天空又有一道闪电划过。闪电下可见,两个人变成了三个人,除了穿雨衣的高个子和矮个子,还有一个男人,只是,这个男人背对着外面,看不清面孔。三人先是悄悄地说着什么,接着很快便消失在楼道里。

外面的风雨更急了,四处的声音更响了,更嘈杂了。就在这三个人隐没于左家楼道半个小时后,左国正家的三楼传来了一声尖叫,叫声沙哑,充满了恐惧和绝望。听声音是左一帆的。

第三章

X = ？

主要人物。

苏汀——女,研究生,心理咨询师。

陈墨——男,大学生,公司业务员。

杜遥——男,在读研究生,苏汀的男闺密。

引　子

12 月。

今日,天空灰暗,街道上空旷得很。

刚从暖色壹号出来的陈墨心情偏好。因为,并不是所有的人都喜欢阳光。

距离暖色壹号不远的地方就是镜湖公园。此时,雾气氤氲,四处清冷,公园里的花草树木看上去稀稀落落的,一些枯枝、瘦弱、冷峻、凄苦地兀立在风中,瑟瑟发抖。此时,湖边那一棵棵高大的白杨树上,夏季时隐藏在茂密枝叶中的鸟巢,一一暴露了出来。它们镶在树的枝丫之间,显得特别大,特别粗糙,也特别地小心和敏感,不知道耗费了那些鸟儿多少心血。

湖边,陈墨静静地看着这些鸟巢,身影单薄,目光空洞。

十二年前,陈墨就是在这里遇见她的。

几乎是同样的时间,同样的天气,同样的心情。

这时,一阵冷风吹来,隐约中,他听见远处有人惊呼:"啊,下雪了!"

他这才发现,那干枯的柳树旁静静伫立着一个人影。她是何时来的?

起先如尘埃一般沙沙而下的雪花,正慢慢地化作在空中流动的雪河。她瘦削的身子斜斜地倚靠在柳树上,若是在春天,陈墨定然会把她当作一枝随风舞动的柔嫩的柳条。

黑色的长发垂至胸际,眼白的部分泛着光,清亮的瞳孔中倒映着陈墨的身影,映衬着漫天的雪花,让人分不清是真实还是虚幻。

"你⋯⋯你是谁?"他问,声音像是挤出来的。

为什么我要问这种问题?他从未如此痛恨过自己的言辞笨拙。

她好像完全听不见什么,只是轻轻地歪了歪头,换了个角度看着陈墨。

"你⋯⋯你多大了?也住在附近吗?"

她没有任何反应,依然沉默着。

陈墨踉跄着向她走出一步,继而又是一步。

他从未如此紧张和期待。他渴望触碰到她,渴望感受到她的存在。

走到第三步时,他的双腿开始抽搐,他痛苦地摔倒在地,发现身体不再听从意志的控制。

他绝望地趴在地上,眼泪顺着面颊流进泥土。

泥土慢慢湿润了,清晰地体会着他的痛苦——她要走了!他会就此错过她!

陈墨在地上不知趴了多久,雪花一片片落在他的肌肤上,那种沁入灵魂的凉意让他清醒了许多。当他慢慢抬起头时,他惊喜地发现她居然还在原地。

她慢慢地走向陈墨,脚步轻巧得像一只灵巧的小猫。她坐到了陈墨的身边,毫不顾忌身下是潮湿的泥土。

"不要哭。"她的声音有些生涩稚嫩,像是刚刚学会说话的婴孩。

这简单的四个字却让陈墨热泪盈眶,她说话了,她是真的,她不会走,她是真实的生命。

陈墨轻轻将头靠在她的肩上,痴痴地看着纷纷扬扬的雪花,口中呢喃着。

"生活是永远如此,还是即将过去?"

"永远如此。"

"那你会陪伴我走下去吗?"

"对不起。"

"什么意思?你不是说会永远陪伴我吗?不是说一切都属于我,都听我的吗?你怎么啦?"

"我不会永远陪伴你。"

陈默一定伤心了,他笑了,接着这种笑越来越古怪,以至于整个脸都变形了,最后,他突然拿出一把刀子,向她扑了过去……

1

飞来茶馆。

午后。

领班"拖鞋"在有气无力地擦着吧台。

大厅里的暖气开得很足,白晓却显得很冷,双手抱着膝,娇小的身体缩成了一团,蜷缩在旋转座椅上。她穿了件雪白的套头毛衣,整个人活像一只毛茸茸的兔子。此时,她的双腿上架着一台迷你电脑,一边全神贯注地盯着屏幕,一边漫不经心地与坐在她身边的杜遥搭着话。

"老杜,听说你的第三十次告白又悲剧了?"

听白晓的话里既有同情也有讥诮,杜遥仰起脖子,猛喝了几口啤酒,然后突然把白晓的座椅扳回来,正对着自己,看着白晓,嬉皮笑脸地问:"还有三十一次总可以了吧?"

"是的,"白晓说,"那样,苏汀就可以彻底不理你了。"

杜遥表示无奈地笑了笑。

白晓同情起来,说:"愿意发红包吗? 本'格格'愿意支着。"

杜遥马上把两只胳膊支在椅背上,看着白晓说:"充满了期待。说说看。"

白晓说:"不怕伤自尊?"

杜遥摇了摇头。

白晓说:"我以一个女孩子的心态观察,在苏汀眼里,你仅仅是一面可以倾诉的墙。当然,走夜路时,也可以当一根壮胆的棍子。心里有垃圾时,你就是垃圾桶喽。"

杜遥想着白晓的话,说:"这么惨,这么毒舌,你这是嫉妒吧?"

白晓斜着眼,一动不动地看着杜遥。

杜遥忙笑了笑并挥了挥手,有知趣和告饶的意思。这时,白晓终于说:"太自恋了吧?"

杜遥笑着说:"翻开翻开。那下面的路怎么走呢? 前提是,我不想放弃。"

"你可说过要发红包的。"

"一诺千金。"

白晓打量了杜遥一下,一副故作老成的样子说:"那就做下去呗。绳锯木断,水滴石穿嘛,或者叫将计就计。"又说:"我看好你,因为,我对你脸皮的厚度很不解……"

杜遥笑了笑,说:"不解就好。"说着,从屁股后面的裤兜里掏出手机,在上面滑了几下。

白晓的手机立刻欢快地响了一下。

白晓得意地笑了,忙打开了手机。但是,她只看了一眼,就叫了起来,然后从椅子上跳起来,拿起自己的围巾追打杜遥。

杜遥只给她发了 0.6 元。

2

杜遥和白晓在茶馆里谈苏汀时,苏汀已经惹上了麻烦。

苏汀是玄武医科大学的研究生,毕业后,又在导师杨焗主持的心理咨询所见习了半年,接着就在玄武市江州区独自开了一家心理咨询诊所,名字很好听:暖色壹号。苏汀是导师的爱徒,为帮助苏汀创业成功,在暖色壹号营业后,导师还派出了自己的三个高徒去暖色壹号实习,帮助苏汀打理相关事宜,杜遥就是其中一个。

年轻、高学历、高颜值。

暖色壹号一开张就吸引了许多"病人",当然,男大学生最多,装病的占百分之四十。但是,真正让苏汀关注的病人还是陈墨。

28 岁,未婚,在本市天马集团销售部工作。据说上午在办公室还谈笑风生,下午到了暖色壹号便面色苍白,四肢发抖,眼睛里充满了无限的忧伤和茫然,直到苏汀和他聊上半个小时,才能缓解。

苏汀是一个要在别人的灵魂深处抢占制高点的人,但是,负能量却能领着人从光明走向黑暗。为此,每次为陈默看病,对于苏汀来说既是一次战斗和洗礼,也是一次感染和削弱。每每当陈默离开她的诊所时,她的脑海里都会很奇怪地掠过一个人的身影。这身影是男是女,她无法确定,但是,这个身影的善意是分明的,因为,每当这个身影掠过,她的心里都会有一种莫名的追随感和亲切感。

这几天,那个身影常常出现在她的梦里,令她幸福而烦恼,并伴随着一阵阵疲倦。为此,这些天,她真不希望陈墨来,尽管这不是一个医生应该有的想法。

上午 9 点,两个女大学生刚离开暖色壹号,接着外面又有人敲门了。

刚才,一个女大学生因为恋爱失败,有了明显的抑郁前症状,苏汀为了帮这个女孩打开心结,唇焦舌敝地说了半天。因为是预约过的,苏汀之前就如何帮助这个女大学生,做了详细的预案。但是,从这个女大学生的眼神看,她开出的精神药方效果一般。待这两个女大学生走后,苏汀感到很累。但是,敲门声让她马上兴奋起来了。因为,她在给女大学生看病期间,一直在忏悔—— 她曾经有过不希望陈墨来找她的想法。而陈墨是她最为满意的病人,她每次的心理疏导,在陈墨这都很顶用。对于苏汀来说,这就是最大的奖赏。

她忙整了整衣服,说:“请进。”

门被推开了,随着一片被门切割成菱形的阳光落地,一前一后走进来两个男人。

这两个男人一高一矮,一黑一白。

矮个子穿着警服,很年轻,很整洁,戴着一副镜片很厚的眼镜,看起来很斯文。那个高个子就不敢恭维了,一脸的严肃,灰白色的头发乱蓬蓬的,眼里充满了血丝,套着件脏兮兮的皮夹克,人离得还很远,苏汀就闻到了他身上散发出来的刺鼻的烟味。

这时,高个子将一只皮壳本子在苏汀面前亮了一下说:"市公安局刑警队的撒巴提。"

"刘当。"矮个子也向苏汀亮了一下证件。

苏汀笑了笑说:"这么正规啊?! 我们认识吧?"

撒巴提点了点头,却依然严肃地说:"今早联系过你。你的手机一直处于无人接听的状态。"

"有什么事吗?"苏汀问,并分别为撒巴提和刘当沏了杯茶。

"为什么不接电话?"撒巴提吹着堆积在茶杯边缘的茶叶问。

"我平时不用手机。"苏汀说。

"不用手机?"

刘当观察着四周,问:"不用手机,你平时怎么生活的?"

苏汀笑着说:"不用手机,你确信人类会灭亡?"语气里充满了倔强和回击。

"平时总要和外界联系吧? 还有你的父母、朋友,他们想找你怎么办?"

"这样的时候很少。"苏汀说,然后起身走到办公桌前,伸手拉开了一只抽屉。

抽屉里有很多东西。在厚厚的一沓纸上,静静地躺着一个黑色手机(还是几年前常见的那种滑盖款式)。"况且我又不是没有手机,只是不常带在身上而已。"她说。

"能看看你的手机吗?"撒巴提问。

苏汀对撒巴提的这个要求感觉很奇怪,但是,她还是点了点头。这时,刘当接过苏汀的手机看了起来。

点亮屏幕后,刘当发现,这部手机里果真有数个未接来电,其中有好几个来自局里,还有两个是他自己的手机号码。

刘当笑着说:"有人说,手机就是第二个'我',为什么不把手机带在身上?"

苏汀明显有点不悦了,她耸了耸肩,带上笑容说:"不喜欢,可以吗?爱上了自闭症可以吗?"

"还有……"

可是,还没等撒巴提说完,苏汀就做了一个停止的手势,然后问:"听你们这个口气,我好像涉案了?"

撒巴提点了点头。

"我?"苏汀用一个手指杵在自己的锁骨上说,然后,不可思议地笑了笑,"再过一会,我的病人会过来。可以结束谈话了吗?"她说着,眉宇间飘过去一阵冷漠。

"他不会来了。"刘当说,看了撒巴提一眼。

刘当的话让苏汀非常疑惑,她愣愣地看着刘当,突然目光又转向撒巴提。

这时,撒巴提说:"苏汀,你认识陈墨吗?"

"墨水的墨。"刘当在旁边补充。

"没错。"撒巴提肯定地说。

苏汀说:"认识啊。怎么啦?"

"这个人,一直在你这儿看病吧?"撒巴提问。

苏汀说:"纠正一下。第一,他不是在我这儿看病,是在接受心理咨询。第二,他不是病人,只是心理上有个结,打不开而已,这种问题,平常的人都有,只是轻重不一而已。"

撒巴提说:"这个你是专家,我们不讨论。"

苏汀说:"那请告诉我,到底发生了什么?"

撒巴提懒洋洋地转过身来,然后习惯性地伸手去夹克口袋里摸烟,但是,手伸到了一半,又收了回来,继而轻描淡写地说:"他死了。"

苏汀以为自己听错了,愣在那,半天才说:"你们说什么? 陈墨死了? ……"

"是的。"

撒巴提看到苏汀的脸色急剧地变化着。"在哪出的事?"她问,声音一下子就低了下来,声音里有一种令人压抑的颤抖和沉重。

撒巴提到底还是点上了烟,他吸了一口说:"昨天上午,我们接到报案。镜湖公园里发现了一具男尸,目前,死者的身份已经确认,就是陈墨。"

"镜湖公园?"苏汀问,声音小小的,脸色也越加苍白,身体好像难以支撑了,明显晃动了一下,然后用手死死地抵着自己的脑袋。这时,她的脑海里突然跑过一个人,这个人穿着一件很长的衣服,越过她后,不顾一切地向前扑去。

前面是白茫茫的一片,非常虚幻和轻盈,接着,她的耳蜗里传来了一阵落水的声音……

"是淹死的吗?"她脱口而出。

"你怎么知道?"刘当警觉地问,盯着苏汀看,那目光像是一枚枚钉子,死死地嵌进苏汀的眼睛。

苏汀对刘当这句问话很反感,她声音很大地说:"我在问你们啊!"

撒巴提发现,苏汀的眼里泪水开始急速地聚集。他暗示刘当不要再说什么。

屋里静了下来。苏汀的喘息声越来越大,泪水也顺着她的脸颊流了下来。

这时,撒巴提说:"死因还不能确定。根据初步的尸检报告,死者生前受到了袭击,左侧肋骨被锐器划开,并有被反复穿刺的症状。但是,食道里发现了水草和淤泥,又符合溺水死亡的特征。死亡时间是下午5点30分左右。"

"凶手是谁?"苏汀问,整个人都在颤抖,情绪明显有点失控。

撒巴提以异样的眼神看了苏汀一眼说:"报案人是常到镜湖公园捉泥鳅的老人。他说,他看到陈墨在亭子里,一直在跟一个人说话。"

"于是,你们就怀疑是我?"苏汀问。

撒巴提对苏汀的话没有做解释,只是说:"由于对面是个柱子,刚好挡住了那个人,所以,我们还不能断定是谁。"

苏汀冷笑一声说:"哼,我懂了。你们问吧。"说完,她从旁边的纸巾盒子里快速地抽了几张纸,然后捂住了自己的眼睛。

撒巴提说:"昨天下午被害人曾来过你的办公室,是吧?"

"是的。"

撒巴提点了点头,对于苏汀的这个回答,他显然很满意。这时,刘当已经开始记录。

"昨天下午,被害人先是来到你的办公室,离开后去了镜湖公园,之后就在那里遇害。也就是说,你是死者生前的最后一个接触者。"撒巴提说。

苏汀直勾勾地盯着撒巴提,半天才说:"那又怎样?"

撒巴提说:"陈墨是什么时候来找你的?"

"下午 3 点 12 分。"

"见面后你们说了些什么?"

"正常的心理咨询。主要是谈他近期的生活和工作状况,当然,都是我问,他答。"

"会面的过程中,被害人提起过什么引起你注意的事情吗?"

"没有。"

"被害人有没有什么异常表现?"

"没有。"

"请你……好好想想。"撒巴提说,显然,这个"请"字说得很勉强。

听撒巴提这么说,苏汀做了一下深呼吸,然后强迫自己去回想昨天的情形。

过了一会,她说:"确实没有。"

"是吗?"苏汀原以为撒巴提就这个话题会继续发问,没想到,撒巴提却漫不经心地转换了话题。

"每次心理咨询不都是一个小时吗? 昨天,被害人为何不到下午 4 点就离开了?"

"昨天是最后一次咨询,因此结束得比平时要早。"

"陈墨是哪个公司的?"

"天马集团,在玄武市好像很有名头。"

"在接受他的心理咨询期间,被害人有没有提到过曾和哪些人有矛盾?"

"没有。"苏汀始终没什么表情的脸上第一次显现出困惑,"其实我一直觉得他挺正常的……"

"怎么说?"

"我工作时间虽然不长,但还是见过不少人,有的一踏进心理咨询室的门就情绪失控,有些人甚至号啕大哭,有的则不断倾诉。但陈墨自始至终都表现得很正常,跟我谈的也只不过是工作和生活中一些不如意的事。给我的感觉,他不像是一个心理上有疾病的人,倒像是一个要传播生活经验的人。"

撒巴提看了看苏汀,眼睛里的东西很丰富,终于,他说:"或许孤独本身就是一种病吧。"

苏汀能听出撒巴提话里的含义,她说:"那他也是个比较正常的孤独者吧。"

撒巴提回避着苏汀坚定而充满挑衅的目光,问:"昨天下午5点到晚上8点你在哪里?"

撒巴提问过这句话后,发现苏汀明显一愣。苏汀的表情让撒巴提非常感兴趣,他的目光又自信起来,像剑一样直指苏汀。刘当则打开了讯问笔录,充满期待地警觉地用审视的目光看着苏汀。

苏汀脸上忽然红了红,过了半晌才说:"出去逛街了。"

撒巴提向墙上看了一眼。

洁白的墙上挂着许多镜框,那里除了张贴着许多理念和口号,还张贴着各种工作制度以及作息时间表。

"都去了哪些地方?"这时,撒巴提问。

"张之洞步行街、花草市场。"

"然后……"

"逛累了就回家了。"

"一个人吗?"刘当问。

苏汀明显不想回答刘当的话,但还是说:"是的,就我一个人。"

撒巴提的食指在桌面上轻轻地点着,然后说:"平时,陈墨在你这儿,咨询最多的是哪些方面的问题?"

苏汀的眼圈又红了,她仰着下巴,极力地想着,然后说:"其实,这类人来到这里,最想打开的是心结,所以,我们最想知道的是这些心结的成因,包括家庭的、工作的、情感的、人格本身的。可是,在陈墨这里我感到很艰难。他每次来只是谈当天的心情。"

"那是一种什么样的心情?"刘当问。

"灰暗,就是灰暗。"苏汀说,"他跟我谈话时的动作让人很揪心,总是不断地拢着衣服,好像非常非常冷。"

撒巴提说:"他流露过自杀或者被人强迫的情绪吗?"

苏汀说:"当然。来这里的人,几乎都有这种心态。相比较别人,陈墨的后者更重些。"

"有强迫症?"

"是的。不过,我倒是觉得,这是躯体反应的一部分。当然,外在的因素肯定有。"

"这个……外在是什么意思?"刘当问。他总是能在关键的时候,抓住一些关键的词。

苏汀说:"当然是指来自家庭或者社会的压力。"

撒巴提问:"有没有谈到具体的人? 譬如,是谁对他施加了压力,或者侵犯了他的利益,蔑视了他,伤了他的自尊?"

苏汀摇了摇头说:"刚才我都说了,和别人不一样的是,他来这里好像不是为了表现软弱,好得到同情和安慰,更像是表现自己的站位,表现一种能力。"

"什么能力呢?"

苏汀不说话了,目光空洞起来,显然,陈墨的死亡像一片厚重的云,又移动到她的头顶。

而撒巴提和刘当也能感觉到一种灰色而凝重的情绪正从地面冉冉升起,然后越过苏汀的脚踝、小腿、膝盖、大腿……直到深深地淹没了苏汀。这使苏汀越发地难受,脸色一下子就憔悴了,整个人像是烈日下的芦苇,在不断地失去水分。

撒巴提和刘当互相看了一眼,便一一站了起来。他们和苏汀告辞,说了些诸如打搅了、可能再来麻烦的话,但是,苏汀一点反应都没有,更没有站起来送送客人,而这一点对于一向温文尔雅、知书达礼的苏汀来说,太不正常了。

3

撒巴提和刘当离开暖色壹号后,苏汀一直坐在那里发呆。

陈墨的死让她难以接受,而撒巴提和刘当充满怀疑的眼光对她来说无疑又是雪上加霜。

苏汀是在天马集团的一次联谊会上认识陈墨的。职业的敏感性使她见到陈墨的第一眼,就觉得这个男孩的心理负载是超过常人的。表面上似乎还很活泼,脸上也不乏笑容,但不正常的说话声(偏高,不是没有教养而是不自信),突然的毫无由头的开心(掩饰和挣扎),都表明他需要理解,需要关爱,尤其是需要解脱和释放。

是苏汀主动接触了他。因为苏汀独立开办这家暖色壹号心理咨询诊所以来，快两个月了，也没有接上一件真正的活。

来咨询的人也不少，但多是男生。

这些小男生的眼神告诉她，这些骨头里长牙的家伙可不是存心来看病的。

开始时，苏汀还感到很开心，或者说很虚荣，时间长了，当有的男孩公开向自己表达爱慕时，她才感到了无聊和厌倦。所以，她对通过各种手段向自己表白的杜遥说："兄弟，你就不要凑热闹了，不要像他们一样俗可好？做我的一个安全系数最高的闺密不好吗？此时，你最能赢得闺密芳心的就是，帮她找一个真正的病人。"记得那天，杜遥开着玩笑说："我做你的病人不是很合适吗？"她感到好气又好笑，继而又郁闷了半天。

所以，当她发现陈墨真的是需要心理援助时，她亮明了自己的身份。此时，他们已经有了一天半的接触，有一个多小时都在探讨城市人心理压力的问题。

感谢在读研和实习期间，导师教给自己那么多方法。苏汀在谈到心理疾病时，像一把充满爱意的手术刀，在心脏周围缓缓地移动，极尽婉转和轻柔，一点也没有让陈墨有所警觉。相反，临别时，看上去腼腆和内向的陈墨主动向苏汀讨要了联系方式，QQ、微信、邮箱、微博一个没落下。苏汀也不想放过这样一个临床机会，她也主动要求和陈墨建立固定时间的联系。

一个星期后，就有一个男孩坐在了苏汀的面前。正是陈墨。

这是一个极其有礼貌的病人，当然身上的伪装也很重。一个月后，在苏汀面前，这种伪装就剥落了许多，苏汀看到的是一个心灵骨瘦如柴，充满了怨气和迷惘的男孩。

几次交谈下来后,苏汀感受到了难点:陈墨的心中是有关键性隐藏的,只是不愿说出来。苏汀分明看到一只老笋,在寒风中固执地包裹着自己僵硬的身体。

尽管如此,苏汀还是非常有信心的,因为从陈墨的眼中,她看到了一种信任和依赖。导师曾经跟苏汀说过,当你发现或者感受到你的病人眼中或者行为中,有诸如此类的表现时,说明你的医术变成了艺术,离打开他们的心门不远了。

于是,近些日子,苏汀一直在侧耳倾听。没承想,她没有听到钥匙在锁眼里愉悦地旋转的声音,听到的却是死亡的脚步声和灵魂化为乌有的爆破声。

最让她烦恼的是,撒巴提和刘当竟然怀疑自己,还摆出了一副没完没了的姿态。她可不想在这个时候惹上官司,也不想让网上的那些造谣之人乘虚而入,为了给雇主创造点击量,把死者的名字和暖色壹号连在一起。因为,暖色壹号不仅是新生儿,也是导师的荣誉和期待。

就在这时,有人敲门了。苏汀忙振作起来,然后说:"请进。"

门推开了,是杜遥。

内心纷乱的苏汀看到杜遥后,一下子脆弱起来,她委屈地问:"你去哪了?"

导师为苏汀派来的这三个研究生,是每天轮流来暖色壹号上班的,今天本不是杜遥轮班。

杜遥笑了笑说:"怎么啦?今天不是我的班。"

苏汀看了一下墙上的轮值表,感到了自己的混乱,她表示懊恼地捂住自己的脑门。

见苏汀一副疲倦和混乱的样子,杜遥小声地问:"发生什么事了?

怎么流泪了?"

"陈墨死了……"苏汀说,说到"死"时已经说不下去了,整个脸色是黯淡的。

听苏汀说陈墨死了,杜遥立刻傻了。因为他也见过陈墨,在他眼里是一个活生生的大男人。缓过劲来后,他问了一大圈:什么时候出的事?怎么死的?凶手是谁?现在人在哪里?……然后又是唏嘘,又是摇头,一副难以置信,无比感喟的样子。

这时,苏汀说:"刚才警察来了。"

"找你了解情况?"

苏汀点了点头。

见苏汀显得很不安,杜遥以为苏汀害怕了,就安慰说:"别怕,例行公事而已。你离陈墨最近嘛,这是难免的。"

杜遥说了一堆,也不知苏汀听没听,只是她一句话不说,神情木木地看着前面的一个地方。

那里有一块白板,上面有一些重要工作备忘,其中,有一句话是关于预约的:

C 4 号 9:00

这是给陈墨预留的咨询时间。

想到一个人的生命会如此脆弱,死得这么简单,苏汀过去的诸多有关生命的体验被一一颠覆和否定,她显得很难接受,而警察对自己的讯问,讯问自己时那种公事公办、冷漠如陌路人的眼神和表情,让她更觉得心烦。

好久没有收拾了,苏汀的桌子上很乱,病历、药方、听诊器、医学手册放得到处都是。杜遥一边整理着桌子上的东西,一边说:"振作振作,也许很快就有人上门了,我们工作吧。"

苏汀仍然纠结在和撒巴提、刘当交锋的情境里,听杜遥这么说,她把面前的几个本子推到一边,说:"好像我一下子就涉案了。"

杜遥感受着苏汀的懊恼和烦乱,他笑着说:"何必自己吓唬自己,说清楚不就行了?开始工作吧,我保证他们不会再来了。"

4

第二天上午,杜遥在暖色壹号那边没有排班,他在导师工作室帮助导师整理材料时,心里却想着苏汀昨天的样子,心里一直不安。终于,他还是按捺不住,拨通了苏汀的手机。

但是,打了几次都没有人接。杜遥心里一紧,赶紧给暖色壹号打电话,可是响了几遍后也没有人接。接着,杜遥又给在暖色壹号见习的同学打了电话。

这回终于打通了,杜遥问:"你在哪里?"

同学说:"在学校上大课。"

杜遥问:"今天你没去暖色壹号?"

同学说:"苏医师昨晚发通知了,让我这几天不用去了。"

"为……为什么?"杜遥不解又不安,他有点结巴地问。

"具体原因没说。"同学这样回答杜遥。

于是,杜遥再次拨打苏汀的手机,打了十几遍后总算打通了。

"你怎么不上班?你怎么把店门关了?"杜遥一连串地问,态度里充满了紧张和不安。

苏汀好像在睡觉,懒懒地说:"心里很烦……非常烦……"

"那也不能停业啊! 这随意性也太强了吧?"

"不是停业啊! 是调休。"苏汀又说,"我自己的店,我自己给自己放假不可以吗?"

"可以……"从苏汀的话里杜遥感到了一种反感,便这样说。

苏汀似乎意会到了自己的语气过硬,态度马上诚恳起来:"你看我这个情绪,如何面对病人? 到时候,是我给别人看病,还是别人给我看病?"

杜遥理解了苏汀,他说:"那就休息几天吧。"

这时,苏汀忽然说:"我想出去走走,散散心。"

正准备挂断手机的杜遥问:"出去走走? 去哪?"

"烟台。我想去看看大海。"苏汀说,"我的心完全被堵塞了。我想一下子扑向大海。"

杜遥愣了一下,当他断定苏汀的最后一句话仅仅是比喻时,他说:"我看你还是到江边转转吧。"

苏汀吁了口气说:"我的眼里越来越容不下任何障碍物了,心里也是。所以我说,长江太窄了。水也太浑浊了,满眼都是龌龊感。"

杜遥想了想,说:"如果你真想出去走走,那我就陪你去吧。"

苏汀说:"你在帮着导师忙论文吧? 不用了,再见。"说着就把电话挂了。

接着,无论杜遥怎么打电话,苏汀也不接了。

9 点半,苏汀赶到了玄武东站。她带的行李非常简单,就一个帆布包包,穿上了运动鞋,头发也扎起来了,然后在脑后盘成一团。戴了一顶紫色的帽子,脸上架着一副玳瑁眼镜。

　　由于经济发展快，收入高，玄武人是很时髦的，但是，苏汀一出现在售票大厅还是引起了许多人的侧目。

　　昨晚，她显然没睡好，她那点憔悴此时却显得楚楚动人，令人大动怜爱之心。苏汀本人也能感到，众人的目光像诸多射线一样密集，互相交织着穿过她的身体。这个时候，她觉得自己也是极需要虚荣的，身体不由得更挺拔了。

　　就在苏汀拿出身份证，准备到售票机前取票时，她的手机响了。

　　苏汀一看是陌生号码，她迟疑了一下，但还是按下了接听键。"您好。"她冷冷地问。她觉得对方如果不是杜遥，一定是卖房子和股票的。

　　那边传来一个冷冰冰的声音，女的："是苏汀吗？请到市公安局刑警队重案二组办公室来一趟。"

　　苏汀过去听过这种声音，那是一种类似于机器制造出来的声音，刻板、冷漠、毫无回旋余地，令人不安而厌烦。她说："我在车站啊。"她的声音也很生硬，显然很不屑很不耐烦。

　　对方说："马上过来。"语气是命令的，说着就把电话挂了。

　　苏汀内心的怒火一下子就上来了。她立刻拨了这个号码，一接通，她就说："你谁呀？我告诉你，我在赶车，要让我过去，你来接我，别忘了从你们局长那里领手铐。"

　　对方显然也火了，刚要说什么，手机好像被谁要了过去。"喂！"这是一个男声，"苏汀，我是撒巴提呀！呵呵……这样的，还是那个事，我们想请你过来核实一下情况。"

　　苏汀说："核实什么？怀疑我就直接抓好了。"说完就把电话挂了。

　　很快，苏汀的手机发生了震动，是撒巴提的信息："大小姐，没有那么复杂，仅仅是例行公事，配合一下工作吧。要不我派刘当去接你。"

半个小时后,苏汀坐在了撒巴提的对面。

坐下后,她四处看着,像是在寻找什么。这时,刘当递过来一杯水,并提醒她很烫,她也没说声谢谢。

"找什么?"撒巴提见苏汀东张西望的,微笑着问。

苏汀说:"我在找那部没有礼貌的电话机,我想现场接受它的心理咨询。"

撒巴提笑了,说:"才从警校分来的,啥也不懂,我们会教育的。"

苏汀不说话了,端过茶水,轻轻地吹着茶杯口的茶叶。此时,她的脸色很不好看,或许是赶路急了,额上有微微的汗。

这时,撒巴提和刘当悄悄地坐在了一起,刘当翻开了笔记本。

苏汀看了两人一眼,冷笑一声说:"口口声声说是'请',你们现在摆出的可是审讯的架势。"

听苏汀这么说,刘当有点不自然地晃动了一下身子,但是,撒巴提却不为所动,脸上的表情也渐渐严肃起来。他说:"苏汀,是这样哦。第一次走访你时,你说,下午5点到晚上8点你在步行街闲逛。对此,我们做了调查,通过分段审看视频,陈墨是下午3点50离开你办公室的,你是下午4点20离开暖色壹号的。接着,我们在你所说的那个时间段,确实看到了你的身影,但是,下午4点50分22秒,你走进了马槽巷。我们勘察了一下,这个巷子直通镜湖公园。"

刘当发现,听撒巴提说"这个巷子直通镜湖公园"时,苏汀的手明显颤抖了一下,喝茶时,下巴也明显地晃动了一下。

撒巴提点上一支烟说:"下午6点22分12秒,你又从马槽巷返回来了。我们想问你,当天下午4点50分20秒到6点22分12秒,这个时间段你去了哪里?"

刘当马上说:"由于水管改造,那条巷子的几个出口都被堵死了。"

苏汀放下茶杯说:"可以不抽烟吗?"

撒巴提就把烟灭了。

屋里的烟雾并没有马上散去,在苏汀面前轻轻地飘着,看上去,苏汀好像戴了一层薄薄的面纱。此时,撒巴提和刘当的眼睛都蛰伏在这层纱里,一动不动。

"是的。"苏汀终于说话了,"我去了那里。"

刘当问:"镜湖公园?"

"是的。"

"具体位置?"

"东南角有一个灵璧石假山群,前面有一张椅子,我就在那坐了很久。"

撒巴提说:"别的地方没去吗?"

苏汀叹了口气说:"没去。不想去了。"说到最后一句话时,苏汀显得很绝望。

"就你一个人?"刘当问。

"是的。"苏汀说,又反问,"你有独自散步的习惯吗?这是一种文化。"

刘当能听出苏汀话里的讥诮之意,他问:"在那里,你一直就那么坐着?"

"我已经说过了。需要描绘各种坐姿吗?其实就那么一动不动地坐着。这样可以看到许多东西。"

"是的。"刘当说,"我想问的是,你难道没看到有什么反常的人和事吗?"

苏汀说:"其实,侦探也是可以多读读诗的。"

撒巴提说:"好的,苏汀,那就这样吧。"

苏汀站了起来,去拿身边的帆布包,撒巴提说:"安排车送你回家吧。"

"不需要。我改签了。"

撒巴提马上笑着说:"对不起苏汀,暂时,你还不能离开玄武。等我电话吧。"

"你们局长说的吗?他还有完没完?"苏汀的情绪一下子就变得非常糟糕,她毫不客气地问,眼睛睁得大大的,瞪着撒巴提,接着又转向刘当,刘当赶紧避开苏汀的目光,收拾自己的东西去了。

撒巴提仍然微笑着说:"局长不管这个事,他带人去西安了。这是案件的程序要求的。"

苏汀说:"这么说,你们先把我带进污染区,再强迫我漂白才能放行?"

撒巴提说:"嗯,这种描述很准确。这使我想到 SARS,只要在那个区域,都必须弄清楚才能走人。"

"然后是没完没了,让人发疯。可是,那是救人,你们却是在假以使命限制别人的自由。"一说到这,苏汀就显得怒气冲天,做着夸张的手势。

撒巴提一摊手,笑着说:"其实,我们也感到很麻烦。你要知道,锁匠并不好干。"

这时,苏汀抱着自己的胳膊,问撒巴提:"你说,今天我的回答你们还满意吗?"苏汀说,"如果不满意,我可以留在这,直到你们局长回来。"

撒巴提笑了笑说:"没有必要没有必要,我想,今天这个问题,你已经解释得非常清楚了。"

苏汀不再理撒巴提，提着自己的帆布包，大步流星向外走，走到办公室门口，她站住说："锁匠们，听我说一句，你纵然有一万把钥匙，如果找错了锁，也是废铁一串。"

撒巴提敷衍说："说得好，说得好。"

在苏汀眼里，撒巴提这样说，简直就是油腔滑调，她头也不回地走了。

5

公安局前有一个又宽又高的台阶，近四十级，苏汀一走出大厅，就陷入了那些密集的线条之中。

在这些灰色的线条中，苏汀显得很单薄，脚下也是很沉重的。

就在这时，苏汀看到了杜遥。此时，他正站在阶梯的最下面，昂着头，看着苏汀。苏汀心中掠过一阵感动。

之前，在售票大厅，不管苏汀多么烦他，杜遥一直试图联系苏汀。那时，苏汀正在烦公安局的那个很没有修养的女警官，见杜遥又来信息关心自己，她没好气地回："拜托，别打电话、发信息了，我到公安局吃盒饭去了。"

这时，杜遥已经迎上了台阶。走到苏汀跟前，他伸手接过了苏汀的包。

苏汀问："你不怕？"

"怕什么？"杜遥问。

苏汀一边和杜遥并肩向下走，一边说："你相信吗？这个时候，第九层玻璃窗后面，正有两双眼睛在看着你。你也想过来接受他们的接见吗？"

杜遥回头看了一眼,笑着说:"如果能代替你来这个鬼地方,可以的。我体力好。"

苏汀似乎不喜欢杜遥的这种幽默,又似乎对杜遥的这句话也很感动,她不说话了,其间差点踩空了一个台阶。好在,杜遥一把挽住了她的胳膊。"谢谢。"她说。

走完了这些台阶,杜遥问:"还是那些事吗? 都说清楚了吧?"

苏汀叹了口气。

杜遥说:"事情不大。警察都是这样,喜欢把事情复杂化,喜欢浑水摸鱼,最后,还是要回到原点。"

苏汀苦笑了一下。

杜遥感受着苏汀的烦躁,故意转移话题问:"车票改签了吗? 我叫了车,马上送你去车站。"

苏汀说:"他们已经为我布下了蜘蛛网。这张网只有他们自己撤除才可以。回家。"

杜遥看了苏汀一眼,发现苏汀的脖子是红的,明显是抓痕。其实,杜遥自己也有这个毛病,心里有事时,焦虑时,就会在脖子上乱抓。

6

整整三天,苏汀哪都没去,整天昏昏沉沉地睡着,诊所就交给杜遥等三个实习生打理。但是,这三天里,她一直没有等到撒巴提的电话。

那时间如同碾子一样,随着向后推移,一点一点地碾压着苏汀的心,令她的情绪越来越焦躁和紊乱。

那天,她实在受不了了,便打了杜遥的手机。

"浑身都很难受,"她说,"我想问问撒巴提。"

杜遥感到很可笑,他说:"你怎么会想到这么做? 或许他们正在等你电话哪。你别这么心浮气躁啊!"

苏汀的眼前闪过一个狡猾的渔夫手里拿着网,蹲在船上,等鱼跳出水面的情景。

"上帝啊!"苏汀问,"你说我该怎么办? 就这样等着窒息而死?"

杜遥尽量让自己的气息显得稳定和镇静,并希望以此能平息苏汀的心,他说:"苏汀,你不应该从心理上自陷于这种牢狱,该转移一下自己了。回到诊所来吧。这几天,许多人来到这里,听说你不在就走了。你看,你的价值在这里,而不是在等待别人的判决。"

杜遥的话起到了煽动作用,苏汀果真从床上爬了起来。她决定振作精神,回到诊所上班。

苏汀回到诊所后,杜遥和两个学友做了调换,这样,他就可以长时间地待在诊所了。

果然,在诊所里,苏汀很快找到了自信,注意力也得到了很大的转移,几天下来,心情平静了许多,有时干脆把撒巴提和刘当的眼睛忘得干干净净。

下午,苏汀接待完最后一个病人,准备主动打撒巴提的电话。

打这个电话之前,她和杜遥有过争执。杜遥几乎把那天阻拦苏汀打电话给撒巴提的理由原原本本地又说了一遍。但是,苏汀两句话就说服了杜遥:"如果他们早就把我忘了呢? 当然,前提是,有人比我更让他们感兴趣了,或者,案子已经有眉目了。"

自始至终,杜遥都不认为苏汀能干出这种惊天大案,他同意了。

电话是撒巴提接的。撒巴提开口就说:"正准备打你电话。"

撒巴提的这句话可是来者不善,苏汀有点后悔,于是就愣在那,一时没有了言语。她觉得自己唤醒了一张张着利牙的嘴。

这时,撒巴提又说话了:"请你喝茶。"

撒巴提的语气是舒缓的。

苏汀的心一下子就放了下来。她感到事情终于要反转了,撒巴提该醍醐灌顶,幡然醒悟,向自己道歉了。她说:"谢谢。"

撒巴提说:"好。今晚6点,弄墨茶吧二楼。"

苏汀未置可否,但是,撒巴提以为苏汀同意了。

放下电话,苏汀却发现杜遥一直就站在自己的旁边,盯着自己看。

"你答应了?"杜遥问,眉头皱着,一脸的不快和不安。

"嗯!"苏汀点了下头说。

"你这是什么心态?"杜遥大呼小叫地说,"把你当成嫌疑人时,就喊到审讯室;把你当作消遣品时,就喊到茶馆,你……"

"什么叫消遣品啊?"苏汀对杜遥的这句话非常反感。

杜遥伸着手说:"去茶馆陪人喝茶,如果你不是茶,你说你是什么?你说。"

"说话别这么难听好不好?"

"不行,你不能去!"

"咦!谁给你这个权利? 这是我的事,不用你管。"

苏汀的这句话让杜遥感到很委屈,他将手里的一个纸杯狠狠地摔在垃圾篓里,然后撇着嘴说:"说得好,是你的事。"说着,就去拉门。此时,苏汀就站在门旁边,她伸腿踹了一下,那门就合上了。这样杜遥就被挡在了门内。接着,她转过身,背对着杜遥。杜遥也气呼呼地站在那,脸色铁青。

过了一会,苏汀说:"你永远都不会懂一个身陷泥泞的人的心,它不愿被强行裹挟和控制。我之所以答应他，就是想让他们亲自为我松绑，看一把钥匙如何打开一把锁。我可能还有许多话去问他们，因为陈墨的死，我心里有很多谜。"

杜遥也不知为何听信了苏汀的话，伸手又去拉门。见杜遥要走了，苏汀说："今晚，撒大胡子约我在二楼喝茶，请你务必在一楼大厅等我。"

杜遥没有应答，拉开门走了。

7

弄墨的生意非常好，不到晚上 6 点，一、二楼就爆满了。老板是个有商业头脑的家伙。包厢一律在二楼，属于私密空间。一楼则是各种主题小茶座，还设了小舞台，每晚都会有东北人来表演，有时也能请到档次比较高的歌手和乐队来演出。

苏汀走进大厅时，表演已经开始，一个穿得浑身上下几乎找不到布的女孩，戴着一顶夸张的帽子，正在忸怩作态地唱歌。那硕大的帽子上全是鸡毛，看上去更像是一个鸡毛掸子。

穿过灯光暧昧不明、乱哄哄的一楼，在服务生的引领下，苏汀走进了 201 包厢。

进门后，苏汀一怔。

包厢不大，墙壁全是用小竹子编制的，给人一种顽固的收拢感。正对门的方向坐着撒巴提，另一侧则坐着刘当。而在先前的电话中，撒巴提并没有说到刘当也参加。这让苏汀的心里掠过一种警觉和不悦。

见苏汀走了进来，撒巴提笑了笑，但是并没有站起来，只是做了个请坐的动作。

苏汀坐下后，刘当马上将一杯茶端了过来。

苏汀一路走来,确实很渴,但是,她没有马上端起茶杯,只是坐在那,表情麻木地看着撒巴提和刘当。

"外面下雨了吧?"这时,撒巴提看了眼窗外问,有点装模作样的意思。

窗外搭着雨棚,雨不大,但是很响,撒巴提的这一声问,就显得毫无意义,无话找话。苏汀也仅仅嗯了一声,情绪越发地低落起来。

一时间,包厢里安静下来。外面的雨声则显得更为杂乱了。

过了一会,还是苏汀主动打破了这种死寂:"看来,你们换了一种审讯方式? 真有创意。"

撒巴提笑了一下说:"没有那么严重。我们只是想找一个轻松一点的环境。"

听了撒巴提的这句话,苏汀仿佛感受到画在墙壁上的每一根竹子都在开裂,并发出了一种被压榨出来的金属的声音。"来吧,"她说,"我需要痛快的一刀。不要再跟我玩什么套路了,否则我就去找你们家局长。"

撒巴提又笑了笑说:"放松放松。我们随便聊聊吧。"

这时,苏汀看见刘当悄悄地打开了一个小录音机。

"是吗?"苏汀说,"那你们先随便吧。"

撒巴提就先聊心理咨询的市场前景。谈得也不专业,基本上都是道听途说,苏汀也难得看一个警察谈医学专业时暴露出来的浅薄,感到很鄙视,根本就不搭话。

谈了一大圈,话题终于回到了陈墨身上,此时,苏汀觉得自己已经等了很久了。

"苏汀,我们再来谈谈那个晚上。"撒巴提说。

苏汀说:"是啊! 那个晚上可真令人牵挂。"

撒巴提听出了苏汀话里的嘲讽,但是,他说:"市侦组反复查看了那天的录像,他们发现,当天,你走进马槽巷时手里拿着一只手提袋。但是,18 点 22 分 12 秒,当你从巷子返回时,手里的袋子没有了。对此,你能解释一下吗?"

苏汀的脸一下子就红了,但是转而又变得很愤怒。

撒巴提说:"这个解释对你非常重要。苏汀,你应该知道,在公安局,至少有三个人不想让你陷在这个案子里。"

"这样看来,你们对女人的袋子很感兴趣嘛。"苏汀根本就不领撒巴提的情,她这样说。

撒巴提说:"哦!我们对袋子里面的东西更感兴趣。"

苏汀又不吭声了。

"说说吧。"过了一会,撒巴提催促道。

苏汀脸上的表情明显不自然了一下,忽然显得很干脆地说:"是酒。"说到"酒"时,苏汀的脸又红了。

撒巴提和刘当互相看了一眼,突然都不说话了,显然,他们都感到很意外。

这时,撒巴提想了想,悠悠地问:"带给谁喝?"

苏汀说:"我要说是为了祭奠,你们相信吗?"

撒巴提身子向后仰了仰说:"符合情理。但是,我们的目击证人可不这么说。"

苏汀冷笑了一声说:"又是那只'泥鳅'。"

撒巴提说:"是的,那个捉泥鳅的老人看到了和你说的完全不一样的情景。"

"是的,我自己喝的。"苏汀好像完全被逼到了墙角,"我喜欢独自喝酒。"她的声音不大,显得很厌烦,很抵触,像是自己的一件衣服被人撩开一样。

撒巴提笑了笑说:"我是高中开始喝酒的,你呢?"

"高二下半学期。到了大学就彻底放开了。不过,我很照顾别人的感受,都是带出去一个人喝。"

"那天晚上为什么去喝酒?"

"心情不好,很失落。"

"因为陈墨?"

"是的。"

"能说具体点吗?"

苏汀叹了口气说:"他是我的第一个病人,真正的病人。有强烈的自杀倾向,平时不愿意和任何人交流,和我却一见如故。他对我抱的希望很大。他总认为我手里会有一把钥匙,能帮他打开身上所有的结。我们合作得很好。从他的眼睛里,我看到了从来没有的平静,他使我有信心做出这样一个预测,我会在一年里完全驱赶走他内心的魔鬼,他也是这样向我保证的:再也不自杀,沿着我给他指出的精神之路,一直走出幽谷。那时,他一直是我从事心理咨询工作的丰硕成果和典范,可是……"

可是那天,陈墨忽然对苏汀说:"从明天起,我就不来了。我想结束在你这里的治疗。"

"为什么?"苏汀的语气中充满了温情和关爱,其实她的心里完全忐忑了,只是极力保持镇定而已。

陈墨说:"我想一个人安静一下,想和她说清楚一些事情。"

苏汀问:"她是谁?"

陈墨说:"很多呀!"

苏汀不想再深问，只是说："处理完你的事，你还要回来。"

陈墨没有给予肯定的回答。

陈墨走后，苏汀一下子陷入一种巨大的孤独和落寞之中，同时，一些莫名的自责也在心里升腾了起来：

陈墨是不是厌倦了我的治疗方式？

是不是否定我的治疗方案？

我的治疗方案是不是本身就有问题？

我呕心沥血所做的努力等于什么？

……

自责中，苏汀渐渐自卑起来，烦乱起来，整个人都被屏蔽了似的难受。于是，她就离开诊所，想去步行街转转。走到一家超市时，她忽然看到了酒，心里突然就升起了一种渴望，于是就走了进去。

听完苏汀的叙述，撒巴提和刘当并没有什么反应，而是双双沉默起来，而撒巴提微微撇着的嘴角则包含了许多信息。

苏汀看出了不信任，她略停顿了一下，然后从包里拿出一只录音笔来，很快，她和陈墨的对话就从那只黑色的塑料盒子里传了出来。

录音放完后，苏汀问："我可以走了吗？"

撒巴提说："陈墨决定不再在你的诊所看病，使你非常不快，你觉得你失去了对他的控制，破灭了你塑造一个病愈典范的梦想。为此，你的心理开始有所扭曲，决定做一个了结，那就是，自己得不到，就交给魔鬼。你以到公园做最后一次约谈为理由，约上了陈墨。陈墨为了表达歉意，答应了你。于是，陈墨前脚走，你后脚就出门了。来到公园后，你邀请陈墨和你共进晚餐，并和他喝起了酒。酒是你喜欢的那种50度玄武狂，而陈墨喝了几杯后就显得无法自已了。接下来，你开始带着陈墨沿着湖边散步,走到亭子时,你们开始争吵,接着发生的事情就不能想象了。"

撒巴提在字斟句酌地说话时,苏汀的眼睛睁得大大的。当撒巴提说完了,她的脸色越来越苍白,继而又涨得发红。她语气里充满了鄙视和嘲讽地说:"现在,我突然发现,我的职业是多么伟大,这个世界上竟然还有这么多病人。"

说完,她愤然地站了起来,转身向门口走去。走到门口后,她又站住了,说:"我不会离开玄武的,这个城市病得太重。"说完,把门一带,下楼去了。

苏汀气冲冲地下楼后,一眼就看见了杜遥。

此时,杜遥正坐在一张靠近吧台的卡座旁,面前仅有一杯苏打水。见苏汀下来,他忙站了起来,然后不断地招手。

苏汀走了过来,然后在距杜遥不远的地方坐了下来。

从苏汀走过来到落座,杜遥一直打量着苏汀。

苏汀问:"我知道你在看什么,看到了吗?"

杜遥吓了一跳,好像自己的心思一下子被戳穿一样,他忙向服务生招了招手。

服务生是一个长着猴一般面容的男孩,戴着一顶红帽,见杜遥招手,快步走了过去。

杜遥说:"来一份蓝色妖姬,一杯猫屎咖啡。"

"不!"苏汀说,"我要白酒。"

"猴"说:"对不起,本店没有白酒销售。"

苏汀说:"那就拿度数最高的色酒吧。另外,能上的小吃都上。"

"猴"很开心,先是鞠了一躬,然后迅速地走开了。

"怎么……你先下来了?"杜遥问,"见到人了吗?"

苏汀叹了口气，说："神经病！"

苏汀的这句话信息量太大，杜遥有心想打听个究竟，又怕惹到苏汀，索性就不吭声了。

不一会，"猴"来了，还带来了一个服务生，两人很麻利，转眼间就把卡座堆满了。

杜遥为苏汀挑着小吃，笑了笑说："其实，我后来想清楚了，警察的茶很贵的，他们怎么会花钱请人喝茶？"

就在这时，撒巴提和刘当也从二楼下来了。因为来往二楼的人并不多，两人一出现在楼梯上，苏汀就看见了。苏汀一把将杜遥的椅子向自己身边拖了拖，又扯了一下杜遥，让他靠着自己坐下，接着，拿过酒瓶，给自己斟了满满一杯。

那酒倒在杯子里后现出琥珀色，在灯光下，又神秘又显质感。这时，苏汀故意将这杯酒举过头顶，然后一仰脖子，喝了下去。这还不算，她一边将一枚腰果塞入杜遥口中，一边豪气万丈地炫耀地喊："加上，走起。"

这一切，撒巴提和刘当都看在眼里。苏汀分明看到，刘当的喉结艰涩地滑动了一下，随即咽了一下唾沫。

这让苏汀非常开心，非常解恨。她斜着眼，蔑视地看着撒巴提和刘当从自己身边走开了。

见撒巴提和刘当走了，苏汀又给自己倒上了一大杯。杜遥见状，忙拦住苏汀，然后环视一下乱纷纷的大厅说："苏汀，你看看，这里说不定就有你将来的病人，你不怕将来他会一眼认出你？"

苏汀推开杜遥的手，端起杯子又喝下去大半杯。

杜遥严肃地说："你怎么啦？你再喝我走啦！"

苏汀挥了挥细长的胳膊说："走吧，放心地走吧。我进来前，就看到对面的树丛里蹲着许多捡尸人,他们会把我送回家的。"

　　杜遥表示无奈地摇了摇头,突然把酒瓶抓过来,给自己狠狠地斟了一大杯,又狠狠地喝了下去。

　　这时,苏汀又向"猴"招手了。那"猴"没等苏汀说什么,很快就拿着一瓶酒跑了过来。

　　"猴"刚把酒瓶放到卡座上,杜遥就先于苏汀把酒瓶子拿了过去,然后又给自己斟了一大杯,一仰脖子又干了。

　　这回轮到苏汀发怔了,她呆呆地看着杜遥。当杜遥又去拿酒瓶子时,她一把拦住杜遥的手,睁着布满血丝的眼说:"那些家伙可不捡男尸。"见杜遥还坚持要喝,她将瓶子夺了过来,然后放在一边,对"猴"说:"来……结账。"她觉得自己的舌头开始发硬了,而杜遥的眼神也不坚定了,整个人都耷拉着。

　　出了门,两人踉跄着去拦出租车,拦了几辆都没停。

　　又在小雨中站了半个小时,两人趁着头脑还算清醒,决定分开去拦。

　　这样是有效果的,飘飘荡荡的苏汀很快就拦下了一辆车。司机听说还有一个人,有点反悔了,可是来不及了,按照先前的商定,杜遥像一条癞皮狗一样,一头就扎进了出租车。

　　很快,出租车就把两人送到了小区。小区的环境很差,但是房租很低,物业管理费更低,这可能是苏汀在这里租住的主要原因。下车后,两人互相搀扶着,晃晃悠悠来到了三楼303房间。

　　到了门前,两人互相鼓励着,很久才找出那把钥匙来,半天才打开门。门打开后,杜遥扶着门框,向苏汀摇了摇手说:"晚安。"说着就要走,但是被苏汀一把扯住了。

　　第二天是晴天,阳光犀利。当屋里被彻底照亮以后,苏汀首先醒了。

醒后,她吓了一跳,她发现自己睡在床上,而杜遥则睡在沙发上。

苏汀使劲地摇了摇头,当她确信睡在沙发上的就是杜遥时,她下意识地摸了下自己。

自己是和衣而睡的,杜遥也是和衣而睡的。

苏汀猛地跳下床,像受惊的兔子一样跑进了卫生间。

苏汀的洗漱声惊动了杜遥。杜遥爬起来后,坐在那也发起呆来。过了一会,他开始打量四周,当发现这是苏汀的家时,他忙爬了起来,然后快步向门口走去。

就在这时,苏汀从卫生间里出来了,然后动也不动地站在那看着杜遥。杜遥转身见是苏汀,也站住了。

"喂!"苏汀说,"昨晚……你怎么睡到我家沙发上了?"

杜遥好像头很痛,他捂着后脑勺说:"对不起,对不起,喝多了,都忘了。"说完,仓皇逃走了。

杜遥走后,苏汀又坐了下来,发起呆来。

昨晚和杜遥的事一点记忆都没有了,但是,在弄墨茶吧二楼和撒巴提、刘当两人的对话又清晰地回响在自己的耳畔。

她眼前渐渐就昏黄起来,一道道细小的绳子从地板里、天花板上、梳妆镜里、衣柜里、花盆里一一生长出来,然后像蛇一样蠕动着游向自己。

一阵密集的捆绑感布满了她的全身。她的呼吸越来越困难,她看到一个黑影从远处向她跑来,她伸出手,想喊却怎么也喊不出来。

8

星期二,撒巴提和刘当把一份侦查报告交到了左国正手里。撒巴提和刘当谈到苏汀对他俩的嘲讽、讥诮和奚落,谈到苏汀要亲自质问左局长,两人笑成了一团。其间,左国正也情不自禁地笑了几声。

笑了一会,左国正严肃地说:"关于苏汀涉案的事,你们一定要对我负责。"

撒巴提说:"左局,我以个人的名义担保,苏汀不具备作案的动机和时间。原来的几个疑点都排除了。第一,老头说他看到苏汀和一个人喝酒,其实是错觉。苏汀所坐的那个地方是一座假山,老头把假山当成人了。第二,从尸检的结果看,苏汀不具备重创陈墨的力量。第三,从摄像头看,在那个时间点,苏汀有不在场的证明。因为,如果在假山那里喝酒后,再走到亭子作案,再从那条巷子返回,时间是不够的。"

左国正点了点头,开始翻那些卷宗,从神情上看显然是满意的。放下卷宗后,他轻轻舒了口气,然后拉开抽屉,分别甩给撒巴提和刘当两包烟。

9

今天是苏汀的生日。

但是苏汀的心情异常灰暗。她感觉,陈墨死亡的原因和撒巴提、刘当充满讹诈的纠缠像两根钢索,同时箍在她的身上。

这时,杜遥来了,捧着一大束鲜花。

苏汀说:"怎么,要做第三十一次表白吗?如果你今天表白,说不定我还真的能答应呢。"

杜遥笑了笑说:"我不想乘人之危。生日快乐,老板!"

苏汀撇了下嘴说:"其实这也是一种献媚,很狡诈的。不过,我很受用。"

杜遥说:"不过我求不得爱情,却可以求神明,保你尽快脱离困厄。"

苏汀马上闭上了眼睛,她把花抱在怀里,喃喃地说:"那你求吧。"

就在这时,苏汀的手机传来了一阵嗡嗡声。

杜遥马上说:"或许,我们的神明到了。"苏汀已经按下了接听键,她向杜遥做了一个噤声的动作。

电话是刘当打来的。接通后,刘当在那边说:"苏医师,通知你一下,结果出来了,你被排除了。关于陈墨的事不会再有人找你了。这一段时间,多有打搅,我们……"

刘当的话还没有说完,苏汀就挂掉了电话,当她把手机慢慢地放在一边时,忽然感到有一股气体,从自己的脑后慢慢地向上游走,接着全身的血脉犹如关闭了很久的高速公路,全部打开了。

她深深地舒了一口气,然后深深地陷在沙发里,那只拿手机的手无力地耷拉在一边,像失却水分的藤一样。

就在这时,一个黑影从她的身后蹿出来,然后仓皇地逃走了,她一下子坐了起来,怔怔地久久地看着黑影逃走的方向,才感觉那种幻觉又来了。

"啪! 啪!"苏汀一看,是杜遥在鼓掌。

"祝贺!"杜遥说,显得非常激动、非常真诚,他想去拉一下苏汀的手,但是苏汀敏感地让开了。于是,他就尴尬地搓起手来,接着又竖起了大拇指。

"出去吃饭吧?"这时,苏汀说。

苏汀主动约杜遥出去吃饭,这可是第一次。杜遥有些意外,他马上说:"想吃什么? 我愿意倾家荡产。"

苏汀目光炯炯地看着窗外,说:"什么都不想吃。"

杜遥理解苏汀的心情,马上在网上约了车。苏汀却说:"你先走,我收拾一下。"

杜遥连忙应承着走开了。

7点半,苏汀来到了江边的一个叫"及时雨"的小吃店。杜遥早到了,要了一个小包厢,此时正在点菜。待苏汀坐到琉璃灯下,杜遥眼睛顿时睁大了。

今天,苏汀破天荒地化了妆。尽管是略施粉黛,但是,对于一向素面朝天的苏汀来说,也是颠覆性的变化。

一种陌生的美,立刻让杜遥头昏脑涨,手忙脚乱的。他感喟道:"你的潜伏点真多,难怪我的三十次表白都打水漂了呢!"

苏汀笑了笑说:"做闺密蛮好的,别自己跟自己过不去。"

杜遥说:"即使你的观点就是真理,对我又有什么好处呢?"

苏汀又笑了笑,她还是蛮喜欢杜遥这点语言智慧的。

待菜走满了一桌,杜遥又要来了一瓶大江牌白酒,然后一边撕着包装盒,一边说:"没猜错的话,陈墨的案子结束了,而你是安全的。来,今天我陪你一醉方休。"

"什么叫我是安全的? 好像我是漏网之鱼一样。"苏汀说。

杜遥忙笑着道歉:"对不起,我是想说,你是清白的。"

苏汀不领杜遥的情,不断地吃着菜,说:"饿! 今天特别地饿。"

杜遥忙为苏汀夹菜:"吃吧吃吧!"

待苏汀面前的碗里堆满了菜,杜遥又把酒瓶拿了过来,他给自己斟了一杯酒,然后说:"为你干杯。祝贺!"说着,一仰脖子,把酒喝了下去。

苏汀说:"怎么,还想把那天晚上你我的闹剧或者说丑剧再演一遍? 提示一下哦,那晚是无奈,今天就叫居心回测了。"说着从杜遥手里把酒瓶夺了下来。

杜遥忙做了一个投降的姿态,转而问:"案子破了吗? 他杀还是自杀?"

苏汀说:"嫌疑人还没有锁定。"

杜遥一挥手说:"爱锁谁锁谁,让他们去折腾吧。你可以安心做你的事了。"

苏汀的眉头忽然皱成了一团,目光也空洞起来。

杜遥见了,用筷子在苏汀的眼前绕了绕,问:"又发什么癔症?"

这时,苏汀放下筷子说:"杜遥,我想起了导师的一句话:研究生的使命在于发现命题,功德在于贡献成果。我觉得陈墨的死因就是我目前的最大命题。"

"还不嫌累。你这不是刚摆脱吗,怎么,还想吃二茬苦? 还是事件本身太有吸引力了?"

"是因为……我很内疚,而且有一种强烈的负罪感。"苏汀说。

杜遥笑了笑说:"怎么,你杀了陈墨,还是……陈墨因为你被杀?"

苏汀说:"至少我没能提醒他。"

杜遥又笑着问:"难道你知道陈墨什么时候遇害?"

苏汀叹了口气说:"总之,我一直觉得,我应该能知道些什么……哎,我有一种挫败感。"

杜遥说:"多么古怪的想法。哎! 那我问你,你觉得陈墨是他杀还是自杀呢?"

苏汀没有回答杜遥的话,其实,关于这件事,她心里已经有了答案。

她认为,如果是他杀,她是有罪的。因为,一个病人如果信任你,就一定会把他所处的环境、所面临过的问题、所担忧的人都告诉你,那样的话,你至少可以帮他分析,向他发出警报。如果他是自杀,她就更是有罪的。在她眼里,陈墨就是一个装在自己牢笼里的人。当初,苏汀有信心帮陈墨把这个牢笼打开,而陈墨本人也反复表明,自从认识苏汀以后,自己越来越不想自杀,并承诺将来任何时候都不会自杀。现在,镜湖公园的那具尸体完全背叛了死者的诺言,也嘲讽了生者的智慧,宣布了苏汀所有努力都失败了,这对于一个搞专业的人来说,真是奇耻大辱。为此,陈墨死亡的背后,令她十分困惑,她迫切需要发现这里的隐情,来力证自己的学识和清白。落实到具体的案情中,一个有女朋友的人为什么那么孤独?那天,在亭子里和陈墨说话的人到底是谁?有多大的仇恨,才会用刀子反复捅陈墨的肋骨?

"我想调查这件事。"苏汀说,然后不置可否地看着杜遥。

"刚才是我喝酒了,还是你喝酒了?"听苏汀这么说,杜遥故意这么笑着问,语气是轻描淡写的,他觉得苏汀有这个想法太孩子气。

"我是认真的。"苏汀说,目光更加坚定了。

"知道我会怎么评价你吗?"杜遥问。

苏汀看着杜遥,目光殷切地说:"不需要评价,只需要加入。"

苏汀的目光和神情引起了杜遥反思,最后他问:"你确定不是开玩笑?"

苏汀说:"这有关生命,开不起玩笑,我决定从明天开始。"

杜遥的脸色一下子就严肃起来,他说:"苏汀,你要搞清楚,开这个店,是为了生存还是为了研究。"

"两者皆有。不过,对我来说,后者更为重要,是我的主要目的。"

"目的?你的目的是什么呢?"

"你不觉得自由与压力的辩证关系和控制与反控制的辩证关系是一个大的学术命题吗?"

"呵呵,"杜遥充满不屑地冷笑着,"算你高尚,可这是凶杀案啊! 别人躲都躲不及,你还敢往上贴? 我不同意。"

"你是不同意我调查这件事,还是不同意配合我?"

"都不同意。"杜遥的脸色转瞬就不好看了。说完,他给自己倒上一杯酒,自顾自地喝了下去。

这时,一个人影突然出现在苏汀的眼前,仅仅停留了几秒,就消失了。

苏汀振作了一下精神,说:"杜遥,这件事,我不会强求。我自己单独进行。明天,我打算把诊所关了。我会通知他们,你这边,我就算通知到了。"

苏汀说话时,杜遥一直在飞快地吃菜,以此表达自己的不快。听苏汀这么说,他把筷子一丢,说:"苏汀,你疯啦! 你真打算插手这件案子?"

"你应该了解我的性格啊!"

"我会把这件事告诉导师的。"

"你有他的号码吗? 刚换的。"

杜遥看了苏汀一眼,不吭声了。

包厢里静了下来。

过了一会,杜遥小声地明显很痛苦地说:"你真自私。"

"什么意思?"

杜遥有点激愤地说:"为什么这么不在乎别人的感情?"

"说的是你吗?"

"你知道这多荒唐吗? 如果别人听说一个女孩子,生意都不做了,跑去当什么波洛或福尔摩斯,会怎么想吗?"

"什么想法都有,但是,与我又有什么关系呢?"

"你真自私。"杜遥好像黔驴技穷了,又这么嘀咕着。

"自私的到底是谁?"苏汀反问,"陈墨是我的病人,至今死因不明,这是我的耻辱,我该不该洗刷? 我是陈墨的心理咨询师,在他死亡之前,竟然毫无察觉;在他死亡之时,竟然毫无作为;在他死亡之后,难道我还要麻木不仁吗? 也许这个真相浮出水面后会救出成千上万的人,如果是这样,我们竟然为了自保和摆脱,公然放弃,你认为合适不合适?"

杜遥在苏汀一阵阵连珠炮似的追问下,显得无奈而懊恼。

这时,苏汀放缓语气,诚恳地说:"当初,导师同意并鼓励我开这个诊所,首先不是为了解决我的什么生活问题,是想让社会来检验一下我的学术水平,丰富一下我的跟进能力,这个从一开始我就很清楚……"

苏汀刚才的一番话看似打动了杜遥,哪知苏汀的话音刚落,杜遥的酒劲就上来了。他的眼睛和脖子都红红的,一边像敲钢板似的用手指笃笃地敲着自己的脑门,一边大声地说:"你还是搞清楚这里的问题再说吧! 这里,看到了吗? OK?"

苏汀说:"嚯,手语都用上了。把话说明白些吧,就说我不可思议,神经病好了。"

"是的!"杜遥睁着眼睛说,"如果你为一个死因不明的人,为了一个死人,关店门,撵员工,铤而走险,这不是脑子有问题叫什么? 对,叫有痦子!"

"是的,我脑子里就是有痦子。所以,有人向我表白了几十次,我仍然听不懂。"

听苏汀这么说,杜遥的自尊心像钟摆一样,被人残忍地拧到了一边,又残忍地拧到了另一边。他将手里的筷子狠狠地摔在地下,然后向外大步走去。走到门口,他又停下来,转过身对苏汀大声地说:"算我自作多情,算我眼瞎!"

"还有自恋。"苏汀追加道,一步不让。

"很好!你说得对,再见!"杜遥冷笑一声,绝望地说,然后将包厢门猛地一带,喊道,"结账!"

由于愤怒,这一声是变调的。

10

气温低得很,四周的一切都被冻结了。

天空乌蓝。

这一夜,苏汀卧室里的灯一直亮到凌晨。

书桌前,苏汀披着毯子在一张一张地翻看自己的出诊日记,她翻阅的主要是自己和陈墨的对话部分。

5月2日

会从不同的方向走来,接着,不管我如何奔跑都一直在这个三角形里了,我觉得这是我迄今为止碰到的最可怕的怪圈。

6月5日

我好想跟她说,带我走吧,走出这个几何,哪怕我的翅膀在半路上折断。

10月2日

我站在高高的山顶,挥舞着大旗,只看见那些骨头纷纷向南,纷纷向北,只因为有本王的统一号令。

以上三段,是陈墨之前和苏汀的谈话片段。

2 月 11 日

我们吵架了,吵得很厉害。因为,她竟然让我屈服于她们,向她们妥协,跟她们一样变节和失范,我感到了绝望。她使我很痛苦。我想,早晚有一天,我会连你也不要了。是的,你使我失望透顶。

这是陈墨出事当天跟苏汀的谈话片段。

谈话内容很多,很杂乱,但是,仅从这几个片段里,苏汀还是归纳出了几个基本性的东西。

一、陈墨的家庭关系很简单。独子。父亲是一家胶轮厂的会计。母亲原先是玄武市第三运输公司的卡车司机,后来受了点工伤,现在社区居委会工作。

二、有三个女人和陈墨关系密切。目前,除了他的母亲和他的女友比较明朗以外,另一个女人("她竟然让我屈服于她们"中的"她")情况不明。苏汀在这个女人旁边加上了一个记号:X。

三、最后一段耐人寻味,让"我"屈服"她们"的这个女人,到底又是这三个女人中的哪一个呢? 为什么偏偏是这个女人让"我"如此痛苦?

导师曾经在上课时说,心理咨询师的任务不是审讯,而是捡拾病人精神的碎片,这个碎片既有病人自己的,也包括病人身边的人的,然后进行拼装和对接。为此,在过去的谈话中,陈墨每每谈到这里,苏汀都会得到一个强烈的信号:在这几个女人当中,至少有两人是造成陈墨心理困惑的人,那么她们又是谁呢? 或许她们知道陈墨的一切(包括他的死亡),或者说,陈墨的死和这两个女人息息相关。

其实,从一开始,苏汀的内心就有一个庞大的漂浮物,那就是:陈墨
有自杀的可能。这是她听到陈墨出事后的第一感觉,也是她当着撒巴提
的面失控流泪的原因。因为,这种感觉让她非常尴尬和难堪,也非常内
疚和有负罪感,只是撒巴提说陈墨有他杀的可能,才转移了她的注意力
或者说心思。

苏汀决定走访陈家,并首先拜访他的父母亲。苏汀认为,悲痛中的
人,最需要一种释放,那就是倾诉。目前,陈墨已经不在了,所有忌讳也
就无所谓了。那么,此时的倾诉里就有可能带出大量的信息,沙里淘金
的时机也就到了。

本来是准备第二天6点就起床的,结果,眼一睁都9点了。苏汀大
呼"糟糕",连忙起床。

在卫生间刷牙时,苏汀向楼下瞥了一眼,她发现楼下停着一辆黑色
轿车。轿车很脏,一个戴鸭舌帽、墨镜和口罩,穿着一件棕色皮夹克的男
人靠在轿车旁,背对着窗口。

刷完牙后,苏汀开始洗脸,她无意中又看到了这个男人。巧的是,在
苏汀向下看时,这个男人也向上看了一眼,然后又把脸转过去,靠在
车上。

由于是向苏汀家的窗口看的,苏汀心里立刻警觉起来。但是,她想
了一下,还是放心地做自己的事去了。

当她换上了衣服,准备把放在卫生间的水瓶放到厨房时,她下意识
地又向外看了一眼。

这一次把她吓了一跳,她发现这个男人正向自己的窗口看着,见自
己向下看,马上又转过脸去。

苏汀的手立刻就颤抖起来,因为,上个月,B座22楼的一个单身女

人,在婚姻介绍所留下信息后被人跟踪,后来发现被扼死在家中。

像是那人要马上闯进自己家一样,苏汀赶紧跑到门前,将防盗门反锁,接着,她第一个竟然想到要给公安局长打电话,但是,只按了两个数字,就停了下来。接着,她又跑到窗户那看了看。

那个男人还在,手捂在胸口上。

苏汀忙逃也似的跑进自己的卧室,然后拨了杜遥的手机。

响了两次后,杜遥接手机了。"你在哪?"苏汀问,极力保持着镇静。她不想让杜遥感到自己多么狼狈。

杜遥说:"在自恋。"

苏汀知道杜遥在计较自己昨天的那句话。她愣了一下说:"你自恋完了过来一下,我有许多想法跟你说。"

杜遥冷笑一声说:"怎么,决定放弃你的想法了?"

"你来了以后再说吧。"

"不,我要听你亲口说出来。说吧。"

苏汀说:"杜遥,我要说的是,现在是 9 点 25 分,再过一小时,或者半小时,你就会听到尖厉的警笛声,如果你好奇,跟着警车来到我的小区,然后,看到小区门口被拉上了隔离线,警察们楼上楼下忙个不停,再过一会,从 3 楼 303 房间抬出一个人来,白布盖满了全身……"

杜遥一下把手机按了。苏汀喊:"喂,喂,浑蛋!"这么骂着,又拨了过去,这次,她都准备好了,杜遥一旦接电话,她就说"快来救我",可是,手机拨出去了,却没有人接。这时,外面突然传来了急速上楼的声音,她冲手机大喊:"杜遥,杜遥,快接手机,快呀! 你这个浑蛋!"

"嗵嗵嗵"有人敲门了,敲得很急,很响,玻璃发出了低沉的颤抖声。苏汀还把手机捂在自己的耳朵上,只是睁着两只大而惊恐的眼睛,死死地盯着大门。

外面的人还在敲门,苏汀一步一步走了过去,走到门前,通过猫眼向外看去。只是一眼,她差点晕了过去,来敲门的真是站在轿车旁的男人。只是,这会敲门的力度小了。

苏汀感到一种阴森从猫眼里透了过来,她用背紧紧抵着门,有点绝望地问:"你是谁?"

门外的人说:"开门。"

苏汀立刻转过身来,向猫眼看去,只看一眼,她便滑落般地坐在了地上,两行泪水顺着脸庞惊恐万状地流了出来。

外面的人说:"我在下面等你。"

在地板上坐了一会,苏汀擦去眼泪,然后去卫生间重新洗脸、梳妆。只是,这一次她的妆化得比较浓,她想盖住那些泪痕。

又过了几分钟,她把果盘里的一把水果刀塞进手提包里,然后向楼下走。

走到楼下后,那辆黑色轿车还在那停着,只是那个男人不见了。但是,当苏汀向前走时,黑色轿车悄悄地跟了上来。

轿车跟得很紧,苏汀既不停,也不让,步态平稳地走着。很快,前面的道路宽了,轿车开始和苏汀平行。这时,轿车的窗户摇开了,开车的正是那个戴鸭舌帽的男人,他说:"上来,导师让我带话给你。"

苏汀没有反应,但是,她向前走了两步还是停了下来,又迟疑了几秒钟,然后上车了。

开车的是杜遥。见苏汀上车,他说出了原委。

杜遥和苏汀发生争执后,想来想去睡不着,就把这个事向导师汇报了,希望导师能出面制止苏汀这个荒唐的想法。

但是,完全出乎意料的是,导师非常赞成苏汀这么做,认为这是一个非常好的病理研判对象,不仅要求杜遥帮助和配合苏汀做好这项调查,为了调查能够顺利开展,导师还让学院为杜遥和苏汀办了研究生采访证,出具了专门介绍信。介绍信上说得很清楚,该项调查属于学院年度大型学术研究项目,恳请多方给予支持。

杜遥把采访证、介绍信一一给了苏汀。但是,苏汀的脸色一直不好看。等车子接近陈墨生前所居住的小区,杜遥说:"不管怎么样,你应该对我表示感谢吧。"

一直都没说话的苏汀突然大声斥责:"感谢你个头啊！吓死我了！"

杜遥咯咯地笑了。苏汀从包里拿出那把刀说:"知道我为什么要带把刀下来吗?"

杜遥还在笑。

苏汀说:"我要告诉你,我对你是有看法的。"说着,把水果刀从窗外扔了出去。

杜遥说:"天哪,你处理事情的尺度这么不靠谱啊！对别人仅仅有看法就带刀,要是有仇,还不动枪?"

苏汀不理杜遥,表明自己对杜遥的话不以为然。

这时,杜遥将一个文件袋递给苏汀说:"别生气了,带了件好东西给你。"

苏汀不接。

杜遥说:"导师让我带给你的。"

苏汀瞪了杜遥一眼,把文件袋接了过来。

陈墨死亡事件发生后,警方通过勘查现场和走访目击证人,首先把目光放在两个女人身上,一个是苏汀,一个是陈墨的女友。当苏汀的嫌疑被排除后,警方开始把侦查的重点放在陈墨女友的身上。

陈墨女友叫欧阳心,是陈墨的大学同学,两人相恋于大学。大学毕业后,欧阳心去了英国留学。在欧阳心留学期间,两人断绝了关系。

去年,欧阳心回国,不久便应聘到陈墨所在的天马集团,由于业务出色,很快就升为人力资源部部长。升职后不久,令许多人意外的是,已经和陈墨断绝了恋爱关系的欧阳心,重新和陈墨相恋,并订婚。

不久,陈墨死于镜湖,警方在调查欧阳心时发现,在被害人的亲朋里,欧阳心是唯一一个不能提供不在场证明的人。

看完这些资料,苏汀问:"真新鲜,导师怎么会有这些材料?"

杜遥说:"呵呵,在警方眼里,你是一块骨头呗,怕再啃下去会把大牙啃掉的,那个撒警官识趣,只好绕道去找我们的导师了。"

11

车子很快就到了陈墨家所在的小区。

小区名字起得不错,叫风华里。但面貌很陈旧了,门口连自动门禁都没有。岗亭里,一个奇丑无比的门卫正靠在椅子上发呆,看到陌生人走进来,如同看到飞进了一只不知名字的鸟,一点反应都没有。小区内,一排排的房子虽然很西式,但墙壁大多掉漆严重,有的还贴满了各种小广告,看上去花花绿绿的,很乱,很旧,很沧桑。

陈墨家的房子不大,此时,整栋房子灯火通明,似乎房间里所有的灯都打开了,明亮的灯光和无边的黑夜无声地对抗着,散发出一种死气沉沉的坠落感。

走到门前,杜遥看了一下门牌号,伸手按下了门铃,顿时,一阵刺耳怪异的铃声艰涩地响了起来,如同从铁里抽丝一般。

不一会,门被打开了。开门的是一个文质彬彬的中年男人,见到杜遥和苏汀,他面带微笑地问:"请问你们找谁?"

为防止杜遥冒失,苏汀抢先说:"叔叔您好,请问这是陈墨家吗?"

"是……"中年男人说,疑惑地看着来人。

苏汀问:"如果没猜错的话,您应该是陈墨的父亲了?"

"是的。请问你们是……?"中年男人微笑着问,显得非常小心的样子,但是让人感觉温和而又舒服。

这时,苏汀把介绍信递了过去。站在一边的杜遥见状,也把自己的介绍信递了过去。

在看两人的介绍信时,陈父脸上的表情略显凝重,但把介绍信还给苏汀和杜遥时,他的脸上又带上了笑容,而且更为温和。"来,屋里坐。"他说,往里走时脚下轻轻的,像是踩在一片云彩上。

苏汀和杜遥随着陈父向院子走去。

院子里很乱,到处都是花盆和盆景。好像缺少养护,大部分花盆只剩下了干裂的泥土,有的植物光秃秃的,已经分不出是什么植物。

一条狗无精打采地趴在门边,看见苏汀和杜遥,也不见外,只是懒洋洋地摇了摇尾巴。

走进里屋时,苏汀发现,陈家的客厅倒是很宽敞。首先映入苏汀眼帘的是一个挂在墙壁上的十字架,呈焦黑色,在灯光下显得分外突兀。

这时,杜遥将果篮放在桌子上说:"这是我们的一点心意。"陈父显得很感动。"谢谢你们,谢谢!"他说,"请坐吧!"

见苏汀和杜遥一一坐下了,陈父端来了两杯茉莉花茶,然后默默地坐在一边。他看了看苏汀说:"请问,从你们的介绍信上看,你们是做学术研究的,只是不知道,为什么找到我。"

苏汀放下茶杯说:"陈叔,这一次,我们的确是带着话题来的。"

陈父连连点头,显得非常谦逊和虔诚。

苏汀说:"陈叔,您对心理咨询师这种职业怎么看?"

陈父想了想说:"没什么概念,但是,我在网上查过。"

苏汀笑了笑问:"请问您为什么要查这个问题呢?"

这时,苏汀发现陈父的目光顺着楼梯,下意识地向上游动了一下。

苏汀心里一紧,她能猜出来,陈墨生前应该住在楼上。

这时,陈父惨然地笑了笑说:"也是为了小孩。"

"陈墨吗?"杜遥冒冒失失地问。

陈墨的父亲有些意外地看了杜遥一眼说:"是啊。"说到这,他低下头,好像想了一下又说:"这孩子从高中开始,情绪就不是太好,到了大学后很少回家,大学毕业后,把我吓了一跳,瘦得看人的眼神都不对了。我一直想,等到和我们住在一起后,他就会好些了,没想到……"说到这,陈父摇了摇头。

这时,苏汀问:"陈叔,陈墨告诉过你们,他做过心理咨询吗?"

陈父摇了摇头。

这时,苏汀把自己的心理咨询师证书拿了出来。她递给陈父说:"陈叔,我就是他的心理咨询师。一直以来,他都和我保持着联系。"

陈父很意外地看了一下苏汀,连忙接过了苏汀递过来的证书。他看半天后才充满感情地说:"谢谢,谢谢你们!"

过了一会,陈父又把目光转到苏汀的那张证书上,久久地凝视着,好像陈墨就在其中一样。看着看着,他的眼圈明显变红了,脸上也浮现一片痛楚之色。

苏汀见状,说:"真对不起,让叔叔您想到了悲伤的事,抱歉。"

"没关系,没关系。"陈父连连说,然后抽出一张纸巾,抹了抹眼角,"我曾以为很了解我的儿子,现在……才发现,他还有那么多事……我们根本就不知道。"

这时,苏汀又问:"冒昧地再问一个问题,不知可方便?"

"请吧。"

"陈墨有女朋友吗?"

"有啊。"陈父让人觉察不到地叹了口气,"陈墨的事,对她打击不小哦!"

"两人平时的关系怎么样?"

"非常好。主要是这姑娘人好,研究生,留过学,又是白领,但是,一点都不傲。倒是陈墨表现得有点冷傲,好像别人不如他似的。"

"据说陈墨出事前,两人发生过争执,有这事吗?"

陈父笑了笑说:"都是瞎联想,在一起时间长了,别说是人,就是神也斗嘴。正常的。"

这样看来,欧阳心在这个家庭的男主人心里还是蛮有地位的,苏汀想。这样,苏汀就在陈墨的身上拿掉了一把刀。

"陈先生,您是基督徒?"这时,杜遥突然问。

"是的是的。感谢主!"顺着杜遥的目光,陈父回头看了看墙壁上的黑色十字架。

"陈墨呢,他也是基督徒吗?"苏汀见缝插针地问。

陈父迟疑了下,说:"有兴趣,但是……还不是。"说到这,他又流露出哀痛的表情,"他还没有受洗就蒙神召唤而去了。阿门! 相信神会原谅他一切罪过,带他上天堂的。你们说是吗?"

看着陈父脆弱又渴望回应的眼睛,苏汀转移了自己的目光,她不知该怎样回答。

"会的,肯定会。"杜遥连连说,好像这个话题因他而起,应该由他接上似的,"好人都会上天堂,神肯定知道。"

"谢谢你。"陈父第一次将视线完全转移到杜遥身上,好像才发现他存在似的,"对不起,我失态了,人越老就会越脆弱。到我这个年纪,孩子就是生活的全部希望,结果他……对不起,我真的有些控制不住。"

其实陈父的年纪刚过半百,头发却花白得叫人心疼。

"陈叔,陈墨住楼上吧? 我们能上去看看吗?"苏汀说。

杜遥意外地看了苏汀一眼,他觉得苏汀的这个要求够呛。没想到陈父却站了起来,他先是从桌子上的一个小竹篮里摸出一把钥匙来,然后带头向楼上走去。苏汀和杜遥对视了一眼,忙跟了上去。

陈墨的房间很大,床是一米八的,书桌是三米的。宽大的书架上摆满了各种书籍。

这时,陈父说:"你们随便看吧。"

"谢谢! 非常感谢您!"苏汀说,然后首先把目光转向了书架。

书架上摆放的大多是近现代的西方经典文学。书架最下面放了一本装裱精美的相册。

苏汀拿起那本相册久久地看着。

相册也引起了杜遥的注意,苏汀在一张一张地翻看时,杜遥也凑过来看着。

在看相册的过程中,有一张照片显然引起了苏汀的注意,她看了很久,才放回去。

"陈墨的房间一直是这样的吗?"

苏汀和杜遥在参观陈墨的房间时,陈父并没有进屋,而是一直扶着门框站着,这种肢体语言告诉苏汀,老人家潜意识中是不想走进亡子之屋的。这会,听苏汀问他,他说:"陈墨不喜欢外人进他的房间,哪怕是我和他母亲,进房间如果没经他允许,他也会大发脾气的。"

就像动物一样,固执地维护自己的领地所有权,一旦被侵犯,就会产生强烈的不安。苏汀这样想。

"出事后,警察来过,因为需要取证,对陈墨的房间做了清理,有些东西可能挪了地方。"

"陈叔,出事前,陈墨有什么异常行为吗?"杜遥问。

"没有。出事前一天,他还在公司帮欧阳心策划年会,很晚才回家。"

"回来后也没什么不正常的表现?"

"我刚才说过,陈墨很内向,外面的事不愿跟我们说,他俩的事就更不愿跟我们说了,一到家,除非我们打听,否则,就一头钻进自己的房间。"

陈父说这句话时,一个黑影从苏汀的眼前飞快地跑过,她的眼睛一下子就睁大了。

杜遥发现了异常,碰了碰苏汀,苏汀一怔,这才感到自己又出现幻觉了。

她摇了摇头,努力将自己的注意力集中到陈父的话上。

遇害前,陈墨情绪正常,没有和欧阳心发生冲突,也没和公司别的人发生冲突。没有自杀的迹象,也没有仇杀的可能。苏汀又摇了摇头,她感觉脑子里昏沉沉的。

"陈叔,能不能回忆一下,陈墨说的那个天马公司的年会哪天举办的?"这时,杜遥问。

陈父想了想说:"陈墨出事的当天。"

"确定吗?"苏汀似乎来了精神,她问。

"就是的。"陈父肯定地说。

就在这时,楼下传来一阵开门的声音。想必有许多把钥匙串在一起,开门时,钥匙相互撞击响成一团。

陈家大门是那种老式的防盗门,很厚重,因为年头久了,门锁好像也有了问题,开门人一时没打开,就发出了类似于踹门的声音,引得院子里的狗狂躁地叫起来。

苏汀和杜遥面面相觑。陈父好像有点尴尬,说:"不好意思,我太太回来了。我们下去吧。"

于是三人就往楼下走,陈父则先于苏汀和杜遥,快步走了下去。过了一会,苏汀和杜遥听到,那门终于被打开了,先是重重的关门声,然后是沉重的脚步声和踢开狗的声音,接着,是一个女人高声责骂:"今天,那个妖精到居委会找我麻烦了。呸! 瞎了眼了,敢找我事,被我臭骂一顿,要不是……"这时,陈父显然在暗示什么,声音小小的,很慌乱的。陈母哼了一声就不说话了,接着脚步声向客厅传来,一声比一声重,一声比一声清晰,不一会,一个高大的女人就出现在苏汀和杜遥面前。

穿着长达脚踝的黑色长裙,黑色的长发盘起束于脑后。黑色的皮包,黑色的长靴,黑色的手套,浑然一体的黑色令她看起来犹如铁塔一般。头发显然是焗过油的,头顶已经有一道白线显露了出来。身材粗大,特别是双手,又宽厚又粗糙,像个靠体力养家糊口的爷们,两只眼睛又大又亮。年轻时,这双大眼睛一定是诱人的,现在却像是一个湖,储满了怨气。

陈母的这个气势显然把苏汀和杜遥都震到了,两人几乎同时欠了欠身子,微笑着说:"阿姨好。"

显然,刚才在院子里,陈父已经做了简单的通报,乍见苏汀和杜遥,陈母也不惊奇,只是警觉地看着苏汀和杜遥,然后嗯了一声,算是回应了。陈父见状,忙上前介绍了苏汀和杜遥,并说明两人上门拜访的缘由。

陈母淡淡地看了杜遥和苏汀,然后放下手提包,去洗脸,磨蹭了半天,才走过来坐下。

见陈母坐下了,苏汀说:"阿姨,这次来,一是向你们表达问候,二是想了解些陈墨生前的情况。"

陈母眼圈明显红了,但是,她马上点燃一根烟,抽了两口后,眼泪就憋了回去。"唉!人都走了,还有什么好谈的?"

苏汀说:"陈墨出事,出乎所有人意料,不知警方侦破得怎么样了?"

陈母冷笑一声,将烟蒂上的烟灰弹去说:"现在最尴尬的就是那些公安了。想定性为自杀了事,但是,我儿子死前被伤得那么重,他们根本就解释不了,想定性为他杀,又连杀人犯的影子都没找到。"

苏汀说:"阿姨,陈墨生前跟你说过,他看过心理医生吗?"

陈母说:"看那鬼东西干什么?没说过。"

见苏汀有些尴尬,陈父忙说:"袁弘,这位苏老师就是心理咨询师。"

听陈父这么说,陈母也不觉得自己先前的鄙夷有什么尴尬,相反,她肆无忌惮地挑衅地看了苏汀一眼,然后说:"看你年龄也不大嘛,能把人的心事猜准?"

苏汀觉得这完全是两套话题,搭都搭不上,她索性说:"阿姨,陈墨生前经常到我们办公室去,我是他的心理咨询师。"

陈母的眼睛睁得大大的,她说:"在我心里,有精神病的人才会去找你们吧?我儿子我知道,除了闷,心事重,一切都是正常的,他为什么要去找你们?"说到这,她上上下下地打量起苏汀来,好像陈墨是苏汀骗去的,或者是苏汀勾引过去的。

苏汀笑了笑说:"阿姨,你言重了,心理疾病是时代病,每个人或多或少都有,只是轻重而已,这是不能和精神病画等号的。"

陈母身子往后略仰,眯缝着眼看着苏汀说:"小苏,你既然能看懂人心,我倒想问问,陈墨的心你看懂了吗?这个死孩子,你不知道我多疼他。过桥怕桥断,坐船怕船翻,整天恨不得拴在脖子上。可是,自打到了高中,什么话都不跟我说了,好像是抱来的,被人验血验出来了,这到死了我都搞不明白,我这么疼他,错在哪了?"

说到这,陈母的眼泪流了出来,鼻涕也要流出来的样子,她伸手扯过几张纸巾,一把擦去了。

突然一个黑影从外面走进来,然后走到苏汀面前就消失了。苏汀一怔,才感觉又是幻觉。她舒了口气,让自己镇定下来,然后问:"阿姨,出事那天,陈墨说什么了吗?"

陈母说:"上午10点,因为要办按揭,我打电话给他,电话打通了,他在和别人吵架,听那个口气好像是跟欧阳心。"

"吵架的内容记得吗?"杜遥问。他没有在自己的问话前加"阿姨"二字,他实在不喜欢这个像铁块一样生硬的女人。

陈母倒也不计较:"声音很高,说什么'你背叛了我,你真让我绝望,你走吧,今天,我就和你了断'。声音非常大……"

苏汀问:"这个事,你后来问过欧阳心吗?"

听苏汀这么一说,陈母哼了一声,身子转到一边说:"儿子死了,我心里全是怨气,谁都想找,好家伙,我还没找她,她上午倒来找我了。"

苏汀很感兴趣,轻声说:"阿姨!您别生气。她找你做什么?"

苏汀的一声"阿姨"和"您别生气"显然令陈母有了好感,陈母转身对着苏汀说:"上午,我正在居委会办事,欧阳心来了,脸色难看死了,一点血色都没有,盖一张纸就能哭了。她把我喊到一边,说有事跟我谈。我问她谈什么?她问我,那么大的事怎么瞒着她。"

杜遥问:"什么事?"

陈母马上说:"你听我说。"

苏汀忙为陈母倒上茶水。陈父在旁边见了,合掌作揖,向苏汀笑了笑,意思是在这里不应该让客人倒水。

陈母端起杯子又放下说:"这个妖精说我在外面散布她的谣言,说是我说的,她跟陈墨在大学谈恋爱时,就跟别的同学胡搞,说她在国外时跟人家同居。没错,老娘说了,难道这不是事实吗?在大学期间,见我儿子成绩优异、人本分,这边死追我儿子,那边,小腿肚子还贴在别人的肚皮上。"

陈父忙小声说:"说话要有依据,别说了。"

陈母马上说:"我说话你别插嘴,那个狐狸精就知道迷惑你。"

陈父感到很尴尬,叹了口气,走了出去。

见陈父走了,陈母接着说:"口口声声说爱我们家陈墨,学校有交换生名额,她第一个报名,然后小包一打,自己去了国外。到了国外就跟别人滚到一张床上,把陈墨甩得远远的。那段时间,我家陈墨懊恼死了。你们都是年轻人,这种水性杨花、见泥插柳的人你们见过没有?"

杜遥问:"欧阳心是什么时候回国的?"

陈母拍了一下巴掌说:"她就是睡到美国总统的床上去,也与我们无关。关键是她回来后,又开始糟蹋我们老陈家了。"

苏汀把茶杯向陈母面前推了推,陈母把茶杯端起来时,苏汀轻柔地提醒:"阿姨,还有些烫。"

陈母点了点头,喝了一口茶。

杜遥问:"听说,欧阳心回来后就到天马集团了。"

陈母撇了撇嘴说:"人长得苗条,又有妖气,见到男人就拍拍打打的,还睡过洋人的床,怎能不被重用?"说到这,她又气愤起来,"你被重用我们不眼红,天马也是有几万人的企业,男人排成队,能绕地球半圈,你找谁不行,死皮赖脸又缠上了我们家陈墨。"

"为什么呢?"杜遥问。

听杜遥这么问,陈母一愣,然后一动不动地看着杜遥,几秒钟后再说:"为什么,她自己心里清楚,人所共知的烂货,哪个还要,哪个还敢要? 只有我家陈墨心善,憨厚,念旧情,八成也是鬼迷心窍,无论我怎么劝,不顶用,铁了心要接受她,说什么这是他的初恋,他一直惦记着,一直等着,实在丢不下来。哪有父母不疼子女的,开始,我是坚决反对的,最后,看陈墨为这个事茶饭不想,整夜失眠,加上这个妖精天天来求我,来哄我家老陈,我们只能勉强答应了。"

苏汀说:"阿姨,陈墨出事后,警方有个基本判定,不排除陈墨他杀的可能性。现在,发生在陈墨身上的疑点也很多,您怎么看?"

陈母一挥手说:"警方都是糊涂人。我现在想明白了,我儿子的事,欧阳心脱不了干系。那个和陈墨吵架的女人一定是她。那天晚上,在镜湖公园的那个亭子里和陈墨说话的女人也是她! 我敢肯定。"

杜遥问:"为什么这么说呢?"

陈母说:"一是感觉。人说母子连心,我儿子死了,他会让我有所知晓的,还有就是打匿名电话的人。"

苏汀问:"打匿名电话的人? 怎么说?"

陈母说："说起来恶心死人,他说他是陈墨的'同志',在大学时就和陈墨保持关系,他恨欧阳心夺走了陈墨。他认为,陈墨是因为舍不得他,又无法摆脱欧阳心才自杀的。"

苏汀问："欧阳心能确定打匿名电话的是谁吗?"

陈母冷笑一声说："她确定不了。要我说,不是别人,就是她自己。她是借这个来跟我闹的。"

杜遥问："为什么呢?"

陈母指了指自己的脑袋,冷笑一声。

12

走出陈家,杜遥问苏汀："今天有什么收获?"

苏汀反问："你呢?"

杜遥说："有啊!出事的当天上午,陈墨和一个女人争吵不休,我认为,这是一条非常有价值的线索。如果找到这个女人,说不定真相就大白于天下了。"

"你认为这个女人是谁呢?"苏汀问。

"肯定是欧阳心了。"

苏汀不是太赞成这个观点,正想着这件事,这时,杜遥问："你收获也不小吧。"

苏汀说："是的,除了渴望见到那个和陈墨吵架的女人,还见到了欧阳心,我对伊人谷又有了兴趣。"

杜遥看了看苏汀,问："什么意思?"说着,他打开了车门。

苏汀坐进去说："看到那本相册了吗?"

"看到啦。"杜遥说。

苏汀问:"你有没有注意到那张放在相册最后的照片?"

"相册最后的那张照片……"杜遥努力地回想着。

苏汀见杜遥犯浑,她把手机拿了出来,只是用手划了一下,手机便亮了,接着,屏幕上出现了那张照片。

照片的像素不高,像是手机拍摄的。空镜头,只有一张铺着米黄色餐布的长桌,桌面上摆着红酒、长烛。烛光明亮,光晕柔和,充满着温馨浪漫的色彩。

"是那张烛光晚餐的照片?"

"没错。照片右下角有小字,写明了地点是在'伊人谷',另外还注有时间,你也看到了吧? 是去年的 12 月 1 日。"

苏汀这么一说,杜遥立马回想起来,照片右下角确实有小字标注,可他还是一头雾水。

"这能说明什么?"

苏汀转过身去,背对着杜遥慢慢说道:"12 月 1 日的翌日,也就是 12 月 2 日,是陈墨第一次来暖色壹号做心理咨询的日子。"

杜遥张大了嘴巴:"这两件事之间有什么联系吗?"

"没有吗?"

"也许是一种巧合而已。"

"但也很有可能,不是吗?"

杜遥想着苏汀的话,并缓缓开动了车子。

车子向前走了一段后,突然停了下来。

车里,杜遥说:"沿着你的思路,不妨对那张照片做这样一种推测。去年的 12 月 1 日,那天可能是陈墨的生日,或者是他和他未婚妻的恋爱纪念日,又或者是随便什么鬼日子,所以他们下班后去了伊人谷,搞了个浪漫的烛光晚餐,然后拍照留念……"说到这,他斜着身子,看着旁边的苏汀。

"不像他的未婚妻,不像欧阳心。"

"怎么讲?"

"如果陈墨和欧阳心在一起,为何只拍餐桌不拍人物? 还有,陈墨本人的那本相册你看了没有? 里面没有一张照片与他的未婚妻有关。"

"你的意思是……"杜遥感到自己坠入了一种古怪的气氛之中,"参加陈墨烛光晚餐的另有其人? 陈墨在和别的女人约会?"

"这个难以确定。"苏汀说,"不过,陈墨在我面前流露过,他并不喜欢留影,陈墨的那本相册你也看了,也没几张照片。仅有的几张,还是集体照,可他为什么要把这张照片如此高调地放进相册呢?"

"这个……"杜遥沉吟着,像一辆马车陷入了泥里。

苏汀却显得更加兴奋:"还专门注上了时间和地点。这里的信息量就大了,可能性也丰富异常。"

"你觉得伊人谷能回答你的问题?"

"是的。"苏汀说,"这张照片对陈墨究竟有何意义? 和他约会的人到底是谁? 这些或许是打开陈墨死亡之谜的钥匙。"

"今天的收获太大了!"杜遥兴奋地说,"下一步怎么办?"

苏汀说:"去伊人谷吧。"

车子哼了一下,便启动了。

13

在去伊人谷的路上,苏汀说出了自己的担心。

"时间过去得太久了。另外,餐厅每天要进出那么多客人,别说是老板,就是服务员也不可能把每个客人都记清楚。加上这种店,服务员换得勤,12 月 1 日当班的服务员说不定早就辞职了……"

杜遥说:"死马当作活马医,先到店里再说。"

杜遥的这句话是有点男子气魄的,苏汀欣赏地看了看他。

杜遥感觉到了,说:"目光很特别啊!我今天是不是超帅?"

苏汀身子往后一靠,说:"哦!你又自作多情了。开好你的车吧。"

杜遥便按了下喇叭,一副惹是生非的样子,以此表达自己的无奈。

因为是周末,今天伊人谷的生意竟比往常火爆得多。大厅里,服务员们个个行色匆匆,手脚并用,像被烫的爬虫一般。

走进大厅后,苏汀本来想直接去吧台问问情况的,但是,看吧台忙得跟赈灾现场一样,只好接受服务生的安排,和杜遥坐在一张紧靠柱子的卡座上。

不一会,两杯咖啡送上来了。两人一边喝着咖啡,一边四处观察着。

这时,一个店员进入了苏汀的视野。

这个店员孤零零地站在墙角,正勾着头在看手机,看那副很闲的样子,再加一身和普通服务员不一样的服装,苏汀估计这是个小领班什么的。于是,她对杜遥说:"我去碰碰运气。"

杜遥看了一下那个服务生,说:"去吧,但愿他就是我们要找的人。"

苏汀站了起来,理了下头发,向那边走了过去。

"你好。"走到那个男生跟前,苏汀微笑着打招呼。

也许是太专注了,苏汀的一声问候,把这个服务生吓了一跳,整个人顿时慌乱起来。

苏汀瞥了一眼,发现店员的手机上是一款游戏软件。

突然被人打扰,服务生有一种被踩中尾巴般的羞恼。但当看见苏汀时,他又像触电一般地挺起了身板。

"啊,您好!"服务生说,"有什么需要帮忙的吗?"他明显很紧张,说话时不停地用手捋着额前的刘海。

服务生的手慌脚乱,倒让苏汀自信起来,她比画着问:"冒昧问一下,店里有值班表吧? 我想看看去年 12 月 1 日晚上当班的是哪几位 waiter(即服务生)。"

男服务生又抚了一下自己的刘海,想了想,说:"去年 12 月 1 日是吗? 啊哈,您问巧了,我就是那天的 waiter(即服务生)之一。"

"是吗? 那太好了!"苏汀高兴地说,表示欢呼地轻轻地拍了两下手。

这个男服务生不时地去看苏汀,用目光表达自己对苏汀的倾慕和喜欢。见苏汀高兴,他有点献媚地问:"您想打听什么事?"

这种"献媚"对于苏汀来说太及时了,于是,她大致描述了在陈墨家看到的那张照片。

"有的,有的! 我记得这个人!"男服务生说。

"你确定?"苏汀问,有点兴奋地不敢相信地看着男服务生。

"我确定!"男服务生的态度非常坚定。

"时间过去这么久,你记得还挺清楚的嘛!"苏汀这句话,也不知是表示赞美,还是表示疑问。

为增强苏汀的信心,男服务生说:"我记得清楚是有原因的!"

"什么原因?"

男服务生忽然开出了条件:"能请教大名吗?"

"苏汀。"

"我叫何杰。"男服务生说。

"何杰先生你好！你能跟我谈谈 12 月 1 日那天晚上发生的事吗？"苏汀可不想跟这位何杰套近乎，搭讪了一下，很快就转入了正题，显得急不可耐。

"可以啊，当然可以。"何杰爽快地答应说，接着，他看了一下手机上的时钟说，"我马上就要下班了，要不请你吃夜宵吧，边吃边聊，怎么样？"

苏汀笑了笑，极有礼貌地说："谢谢！时间不早了，我马上也要走。"

何杰显出了一副嬉皮笑脸的样子，他说："这才几点啊？在玄武，夜生活才刚开始嘛！喜欢唱歌吗？要不请你去唱歌？"

苏汀感受到了一种麻烦，她转而说："你忙我就不打扰了，我找你们店长好了。"

何杰说："吃个消夜而已，不耽误谈事的，再说了，店长未必清楚那天晚上的事啊。"

何杰由矜持到纠缠，让苏汀有些为难了。就在这时，杜遥拿了一罐啤酒，吊儿郎当地走了过来。"什么情况？"他问，挨着苏汀站着。

相比杜遥，何杰立刻显得猥琐和俗气多了，脸上的表情也复杂起来，既有尴尬，也有嫉妒，还有警觉。

苏汀看出了何杰的尴尬，忙介绍说："这是我同事。"

"你好。"杜遥说，主动和何杰握了握手。

苏汀趁机说："何先生，我们可以坐下聊聊吗？"

"可以。"何杰的语气庄重了许多，但情绪也低落了。

于是，三人来到卡座旁坐下。

"那位先生提前三天就订好了座位。"坐下后不久，何杰说，"喏，就在那边。"他向前努了努下巴。

苏汀扭头看了一眼。

何杰所指的那张桌子位于大厅的东南角，在整个大厅中显得很不起眼。

"和他一起用餐的是什么人?"苏汀问。

"没有人啊!"

"没人?"杜遥感到很惊讶，他和苏汀相互看了一眼。

"是啊!"何杰说，"那位先生是一个人用餐的。"

"不会吧?"苏汀说，语气里有极度的疑惑和不信任，"谁会一个人专门跑来吃西餐啊，还提前订好了位子?"

"呵呵，的确就是这样。"何杰说，"那位先生预订的是两人座，点的东西也全都是两人份的，但那晚从进门到离开都只有他一个人。"

苏汀和杜遥又互相看了一眼。

愣了几秒钟后，苏汀问:"他待了多长时间?"

何杰想了想，很辛苦地回忆着，然后抬起头说:"两个多小时吧。那情形确实挺古怪的，正因为如此，我才多看了他几眼。我当时的想法是，这个人可能被人放了鸽子。"

"两个多小时?"苏汀问。她觉得，这个时间段里包含的信息量太大了。

"是的。"何杰说，"看得出来，对于这次约会，他很用心。他在电话里特意交代，要在卡座上铺上玫瑰红色台布，点上两支红烛，底座是银盏。点了两份牛排，倒了两杯酒。总之，所有的东西都是两份。"

"他坐在那等了多久?"杜遥问。

何杰说:"不到三分钟，他一个人就自斟自饮了。"

这时,何杰的手机响了,何杰马上站起来说:"对不起,后台叫我。"说着就向杜遥、苏汀告辞了。

何杰走后,苏汀和杜遥几乎同时向那个卡座看去。这时,一个黑影突然越过那个卡座,向苏汀走来。苏汀下意识地睁大了眼睛,那黑影一闪就没有了。

杜遥看出了苏汀的异常,他顺着刚才苏汀的目光看了一眼,然后问:"你看到了什么?"

苏汀用手轻轻地拍着自己的胸口,轻轻地吁着气,摇了摇头。

这时杜遥说:"来,集中一下精力。我问你,你相信他的话吗?"

苏汀说:"关键是,他为什么向我们撒谎?"

"报复。"杜遥肯定地说,"你难道没有看到? 这可是个猎艳高手,正向你甩钩呢,我把他鱼竿给撤了。这是一种什么心情? 撒谎可以让他重新确立自己的站位,由被动变成了主动。你看哪个戏耍别人的是被动的?"

苏汀笑了笑说:"导师要是听到你这番高论,他会和你断绝师徒关系的。你有无边际狂想症,又叫无端狂想症。"

杜遥笑了。

这时,苏汀拿起手机走出了大厅,几分钟后又回到了卡座。

见苏汀坐下,杜遥说:"我想了一下,事情越复杂,线索感就越强。目前,可以把这两条线索并在一起考虑了:那天和陈墨吵架的女子和这个放了陈墨鸽子的女子是不是一个人? 这个问题如果弄清楚了,许多事情就明朗了。"

苏汀呷了一口茶说:"知道我出去干什么了吗?"

杜遥笑了笑说:"不说了,否则,你又讽刺我,说我是无边际狂想症了。"

苏汀说:"我鼓励你说,说吧!"

杜遥向四处看了看说:"那小子约你了。"

苏汀做出了生气的样子。

杜遥忙笑着说:"是你鼓励我的。"

苏汀说:"看来,你的狂想症又严重了。"

杜遥笑了。

苏汀说:"走吧,车上说。"

到了车上,苏汀说:"我约了欧阳心。"

14

这天上午,杜遥在公寓外见到苏汀时,几乎惊掉了下巴。

平常喜欢黑白色调的苏汀,今天穿了一件鲜艳得有些过分的红色风衣,从远处看去,正在下楼的她如同一团火烧云从高空飘下。下面则穿了一件黑色裙装。此时,黑色的裤袜让她双腿显得更加修长。脚上穿的是一双白色长筒靴,鞋跟的高度将她的身体绷出一条十分性感的弧度。

如同海神波塞冬收起了三叉戟,苏汀将她那波浪般的长发先是束于脑后,然后又盘成一个高高的发髻,一张脸显得更加洁净和秀美。她还戴了墨镜,在地摊上买的,这是杜遥看到的,但是,戴在她的脸上,却显得很潮,很昂贵。

"……这是什么信号?"杜遥笑着问。

"不好看吗?"苏汀问,摘下墨镜,然后将几缕没有束好的发丝拨弄到脑后。这个动作让杜遥的心脏立刻狂跳了起来,他没想到,苏汀的美是如此惊艳和多变。

"好看!"杜遥拼命点着头,力度大得好像要折断颈椎,"好看好看好看! 可以用惊艳来形容。此时,我好想向艾丽斯狂奔。"

艾丽斯是玄武最有名的花店。

苏汀笑了,说:"算了吧,我看你不仅出了症状,还生了歹意。"

杜遥摇了摇头说:"多么好的想法,竟然和歹意连在一起了。天哪, 我路在何方啊?"

苏汀笑了。

苏汀这种高兴的样子对于杜遥来说真是太难见到了。

抵达天马大厦时,刚过下午 4 点。天色已逐渐转暗,城市的棱角开始柔软而模糊。

天马大厦有 50 层,这在玄武来说,就显得气势恢宏了,坐落在群楼之间,大有鹤立鸡群之势。

等电梯时,杜遥问:"昨天联系她时,态度怎么样?"

苏汀说:"开始时以为我是客户,非常热情,但是,当我说明来意后, 态度立马就变了,整个人像是从冰库里才出来的一样。"

"算你有面子,最终还是愿意见你了。"杜遥说。

"差点。"苏汀说,"我把撒巴提搬出来了,说是他介绍的。"

杜遥竖了一下大拇指。

这时,苏汀叹了口气说:"一个待嫁之人,未婚夫突然遇害,你想这是什么心情,不想见外人也是可以理解的。况且我们又不是警察,她也没有应付我们的义务。"

苏汀的这种宽容让杜遥感到了另一种美,他不由得又瞥了苏汀一眼。见苏汀发现了自己的眼神,他忙转移话题说:"给了多少时间?"

苏汀抿嘴想了想,说:"说集团年前忙,只能谈二十分钟。"

杜遥说："那得全用语录和警句对话了。"

苏汀笑了，说："所以，一个说话不太节制的人，到时候就不要和我一起进去了。"

杜遥一愣，指着自己的鼻子问："说我吗？那我去干什么？"

这时，电梯到了，真诡异，这么高的楼层，从上而下的电梯里竟然一个人没有。

跨进电梯，苏汀说："你可以在外围了解一下欧阳心。"

杜遥想了想，说："这个任务有点重，需要我打听些什么呢？"

"什么都可以。"苏汀说，"导师说过，对于一个心理咨询师来说，天然的素材比成形的报告更重要。"又补充道，"当然，你也可把调查的重点放在天马公司那天举办的年会上，多打听一下陈墨同事对陈墨的看法，包括他和欧阳心的关系。"

"Yes，my queen（是，我的女王）。"

苏汀敏锐地捕捉到了杜遥脸上一闪而过的神情。

"怎么了？"

"呃，没什么。"

"有话就说啊！"

"……你不觉得，我们很像一对传奇搭档吗？"

"搭档？"

"你是大侦探福尔摩斯，我是你的助手华生医生。"

苏汀说："还像一对搭档。"

"说说看？"

"堂吉诃德和桑丘。"

这个答案让杜遥有点意外，他说："那我的角色呢？"

"风车。"

杜遥笑了。

这时电梯门打开了，苏汀率先走了出去。

出了电梯口，迎面就是一条走廊。走廊的尽头，公司的 logo（标志）做得非常夸张和抢眼，走廊两侧挂满了宣传展板。其中，左侧的展板上，展示了天马集团的简介、成就和发展规划；右侧的展板上，展出的是天马集团的整个团队，在领导层比较集中的那块展板上，欧阳心处在中心位置。

照片上，一身职业装的欧阳心，面含微笑，意气风发，目光中充满了活力和生机。相比于周围的人，气质更为高雅。五官线条分明，轮廓感强，有点像混血儿。

"剑桥大学的经济学硕士，天马集团的执行总监……"站在展板下，杜遥小声地念着欧阳心的简介，"厉害。"他说。

"走吧。"见杜遥又是欷歔又是感慨的，苏汀斜视了杜遥一下，小声地提示，"时间长了，你的无边际狂想症又该犯了。"杜遥笑了，忙跟上苏汀。

穿过走廊，苏汀和杜遥走进了办公区。

办公区可以用巨大来形容。由南向北，一张张办公桌如棋盘般地排列着。办公区内至少有五十人在办公。敲击键盘的声音、发传真的声音以及互相交谈工作的声音混成一片，令人感到繁忙和紧张。

就在这时，办公区内发生了变化，先是靠近入口的办公区安静下来，接着退潮似的，整个办公区都安静下来。这时，杜遥才发现，办公区的人把目光都集中在了苏汀的身上。

苏汀浑身不自在起来。因为，她从这些眼光里，除了感受到了羡慕、赞美,也感受到了嫉妒和觊觎。为了摆脱这种状况,她忙微笑着向一个男员工打听:"请问,欧阳心总监的办公室在哪里?"

男员工的眼睛一直在苏汀身上,听苏汀问他,不由自主地颤抖了一下,人一下子就紧张起来,他问:"……你们预约过吗?"

"有的。"苏汀肯定地说。

"好的,我带你们去吧。"

"谢谢,谢谢!"杜遥连连说。那男员工却不领杜遥的情,向前走时,又多看了苏汀两眼。

这时,苏汀对杜遥说:"我先过去了。"

杜遥想到来前的分工,他点了点头。

苏汀刚走,就有人议论上了。

"这是仙女呀,真漂亮!"

"估计是个模特。"

"我看像演员。"

……

这些人的议论让杜遥的心情很复杂,于是,他走了出来。

15

直发、黑色套装、略显憔悴的脸、冷傲的眼神……这一切也挡不住她身上散发出的成熟女性的魅力。

这是欧阳心给苏汀的第一印象。

苏汀介绍完自己后,欧阳心没有站起来,甚至也没给苏汀让座,只是漫不经心地收拾着桌上的文件。

这很难熬,但是,苏汀坚持着,她觉得只要这个女人一开口,所有的秘密都会像水一样流淌出来。

"其实……"这时,欧阳心终于说话了,"你比我更了解陈墨,更了解他们那个家。"

苏汀说:"正因为如此,我觉得许多事情都成了谜。而且这个谜,对于你我来说都很重要。"

听苏汀这么说,欧阳心放下手中的文件,然后把两手抱在一起,开始打量起苏汀来。

苏汀确实有一种超凡脱俗的美,这让欧阳心发了一会呆。但是,她马上就说:"心理咨询师的每一句话都是密码,我也不想去猜。下面,我们从哪里开始呢?"

苏汀觉得自己受到了对方注意,她微笑着说:"欧阳部长,你很忙,我也不想多占用你时间,只想了解两件事。"

欧阳心点了点头。

不知为什么,欧阳心点头时,苏汀的心里忽然产生了一种无端的怜爱。

她放慢语气说:"这张照片你熟悉吗?"说着,她已经将手机对着欧阳心,手机屏幕上是那张在陈墨相册里找到的照片。

欧阳心看了看,摇了摇头。

苏汀说:"12 月 1 号晚上,陈墨在伊人谷订了一个茶座,点了双份牛排、鸡蛋,还备了酒,似乎在等人。但是,等了两个多小时,那个人也没来。"

欧阳心木然地看着苏汀说:"那一定不是我。"

苏汀说:"有人说,那天上午你和陈墨吵架,吵得很厉害,晚上,陈墨为了表示对你的歉意,就在伊人谷准备了晚餐……"

欧阳心冷笑一声说:"情节这么完整啊!"她忽然提高声音说,"12 月 1 号全天我都在公司,晚上快到 11 点才走。由于准备年会,我频繁地出入办公区,几乎是一刻都没闲下来过。关于这一点,你可以去现场采访我的员工,还有……还有办公区里的那些摄像头。"

苏汀的心里顿时一片空白,她知道事情果然没有自己想象的那么简单。

这时,欧阳心突然说:"既然你来了,我也想问一个问题,陈墨为什么要接受心理咨询?"

苏汀说:"对不起,我们有承诺,尽管他不在了,请原谅。"

欧阳心深深地叹了口气,忽然,眼泪一下子就流了出来。

苏汀能体会到欧阳心的心情,她小声安慰说:"其实,陈墨很爱你。"

欧阳心摇了摇头,眼泪更多了。

苏汀递了一张纸巾给欧阳心,欧阳心没有接,苏汀就把纸巾放在欧阳心的手边。

这时,欧阳心又说话了。她说:"回来后,知道他去看了心理医师,我的心都碎了。非常绝望,绝望透顶。原来他有那么多的话,却不愿意跟我说。"

苏汀觉得,对于一个未婚妻来说,这是个令人伤心的问题,她只好违心地说:"或许,他怕你担心。他真的很爱你。"

欧阳心又摇了摇头,眼泪突然就断了。

见欧阳心在收拾文件,苏汀说:"你介意我给你带来一些充满侵略性和压力感的话题吗?"

欧阳心感到很意外,她停下手里的活,看了苏汀几秒,然后摊手,笑了笑说:"好呀! 这些日子,我一直在各种压力中过日子,已经麻木了,但愿你的消息更够劲。"

苏汀不相信欧阳心会如此淡定,她还是小心翼翼地说:"陈墨去世后,外面自然会有许多议论。"

欧阳心说:"知道,都集中在我身上。说我是在大学时勾引了陈墨,因为当了交换生,马上就抛弃了他。当然,这只是第一个段子,第二个段子更为精彩。说我在国外被人抛弃了,多次堕胎,回来后,没有人要了,才重新缠上了陈墨。"

说到这,欧阳心说不下去了,下巴略略抬起,看着天花板。苏汀能感觉到眼泪正在欧阳心的眼眶里聚集,但是,她极力克制着。

因为预约时有过时间的要求,苏汀看了看墙上的钟表,又看了一下手机上的时间。"我知道。"这时,欧阳心说话了,"你所知道的段子和我说的差不多。"

苏汀笑了笑说:"作为一个心理咨询师,我们从来不作无端揣测。我们对事情本来的模样更感兴趣。所以,我觉得你是有许多心里话需要和朋友交流的。如果不介意,我很想做你的朋友。"

"谢谢!"欧阳心说,声音低低的,眼泪再也控制不住,大颗大颗地流了下来。

16

大学二年级时,被诸多男生追得又幸福又烦恼的欧阳心,怎么也不能接受这样一个事实,她竟然接受了陈墨的求爱,而这种求爱只有一次,成功率为100%。

欧阳心说:"到底是理工科状元,你就这么能算准我的心?"

陈墨说:"我唯一的优势就是有大量时间来经营我们的爱情!"

陈墨说到做到,在接下来的时间里,他把自己所有的时间都给了欧阳心,包括节假日。

欧阳心也有甜腻了的时候,她问:"你难道一个朋友都没有吗？至少他们可以帮我分担一下如此稠密的情感。"

陈墨说:"如果情感是可以被分担的,要这样的朋友干什么呢？我愿意在两个人的爱情中累死累活。"

那时,陈墨诸如此类的话,像一根温暖而洁净的羽毛抚慰着欧阳心的心,她觉得自己完全被控制着,只是,这种控制来自一种爱,她感到很无奈,很甜蜜。同时,陈墨进校时,沉闷、忧郁、不爱和任何人说话,更谈不上阳光;但是,和自己建立了恋爱关系后,一下子就变了,不仅话多了,而且话里充满了智慧,这也让欧阳心很有一种成就感。

问题出在大二下半学期。寒假时,陈墨变得不开心起来,见到欧阳心时,脸上又出现了那种忧郁之色。欧阳心本来是想和他谈论这个假期带他回家乡的,或者准备一起去他家的。结果,陈墨主动说了,他说:"对不起,这个假期我不能陪你了。"

陈墨有这个要求对于欧阳心来说很正常,但是,陈墨的表情让欧阳心很担心,她说:"你是准备回家度假吗？"

陈墨说:"是的,必须……"

陈墨的这个"必须"虽然没有说完,但是,欧阳心还是感觉到了问题,她问:"'必须'是什么意思？"

陈墨笑了笑说:"就是这个假期,我要回去了。"

对于陈墨的回答,欧阳心很不满意,她说:"那我跟你一起回去,我应该去看看你的父母。"

听欧阳心这么说,陈墨大惊失色,他说:"下次吧,下次会的。"

陈墨说这些话时,显得非常可怜。欧阳心由此觉得,陈墨一定没有向他的父母谈到自己。她说:"陈墨,我一开学就把你介绍给我的母亲了,我母亲很高兴,我父亲虽然没有表态,但是,也没有任何反对意见。我想问你,你回家时,介绍过我吗?"

陈墨说:"那……肯定。你这么优秀,是我的脸面啊!"

欧阳心说:"你说得可是振振有词啊! 那行,我坚决要求跟你回去。"

陈墨说:"我当然想让你回去。只是,我妈太爱面子,目前,我们家还住在老道口的平房里,条件太差,我妈觉得很没有面子,准备下半年买新房后再请你回家。"

这个理由有点靠谱,欧阳心相信了。

但是,陈墨再从玄武回来时,像是换了一个人,而且行为也古怪了。首先,在假期,他常关机,欧阳心经常因为找不到他,急得掉眼泪,欧阳心不得不发出断交、永别等极端词语,才能让陈墨回信。回电话时,陈墨也是声音很拘谨,很小,有时会突然断掉。回校的时间到了,欧阳心一再告诉陈墨她回校的时间,暗示陈墨在她到校前赶到学校,然后到站内来接她。

那天,欧阳心满脑子都是浪漫的情景:一下车,陈墨就手捧鲜花来到她的面前,然后两人紧紧拥抱。

但是,下车后,欧阳心并没有看到陈墨,她当即就哭了。

两天后,等大部分同学都回校了,欧阳心才在上大课时看到陈墨。此时,本来一肚子怨气的欧阳心,一下子心疼起来。陈墨又黑又瘦,胡子也生了出来,显得下巴更为瘦削。

吃饭时,欧阳心再也无法斗气了,她接受了陈墨为她打饭的请求,两人坐在一起吃饭。

"你怎么了?"欧阳心问,陈墨的样子让她心里流泪。

面对欧阳心的问题,陈墨只是笑了笑说:"没事没事。"

此后,陈墨的状态越来越差了,过去跟欧阳心出去,只要欧阳心有要求,他一概满足。现在,他的嘴里出现了"经济困难"这样的词。

再往后,欧阳心发现,陈墨和她商议事情的时候少了,凡事都要打电话回家,口气充满请示意味。听口气,对方是个大嗓门女人,要陈墨这样做,要陈墨那样做,陈墨很少敢违拗。有时,陈墨显然很不高兴,顶了几句,但是,很快就被对方的气势压倒,马上变得唯唯诺诺了。

那天,欧阳心约了陈墨到市里。待菜上来后,欧阳心说:"你困难,今天我请客。"

陈墨很尴尬,说:"我有的,有的……"

欧阳心现在越来越看不起陈墨这个样子,她问:"你经常请示的那个人是你继母?"

陈墨马上笑着说:"不要胡说,亲妈。"

欧阳心说:"我怎么觉得你亲妈和你说话时,手里好像拿着一把刀?"

陈墨又笑了笑说:"乱形容什么? 老妈就是刀子嘴,豆腐心。"

欧阳心不依不饶,她说:"我想问你,这次回去,你谈到我了吗?"

"谈……谈到了!"陈墨说,边说边去夹菜。

欧阳心看出了陈墨的搪塞,她用筷子夹住陈墨的筷子说:"你提到我们的将来吗?"

陈墨说:"没有,嘻嘻,将来等毕业再说也不迟。"

欧阳心放开陈墨的筷子,夹了一块鱼放在陈墨面前,然后又紧紧挨着陈墨坐下说："那好,不说将来,我们说说现在。"说着,掏出手机,搂住了陈墨的脖子,然后不管陈墨如何挣扎,拍了一张合影。接着,她把合影发给了陈墨,说："现在你有两个选择:一、把这张照片发给你母亲,我要现场听到她的评价。二、你打开视频,我们现场和你父母通话。我觉得第二个方式很好,可以为你省许多钱。"

陈墨立刻显得很不自在起来,一边吃菜,一边哼哼唧唧地说："神经什么? 他们都睡了。"

欧阳心看了下表,才8点,于是就流下了眼泪。

这个事情发生后,欧阳心得到两个判断:一、陈墨没有把自己介绍给他的父母。或许平时,陈家家规严厉,孩子在校只能努力读书,不可分心,陈墨不敢逾越此禁条。二、陈墨已经把自己介绍给了他的父母,他的父母看不上。

但是,无论是哪一条,都很伤欧阳心的心。

又一个礼拜,欧阳心故意没有去找陈墨,也没有跟陈墨做任何联系。

果然,陈墨上门来找欧阳心了。

欧阳心不理和绕开陈墨,其目的是为了搞清问题,更好地抓住陈墨,所以,当陈墨来找她时,她也只是假意推托了几下就接受了。

"要我回到你身边可以!"欧阳心说,"但是,你必须跟我说实话。第一,你到底爱不爱我? 第二,在你父母面前,你到底有没有提过我? 第三,你父母对我的态度是什么?"

最后,欧阳心咬牙切齿地说："这三条,你如果有一条是含糊的,我们马上分手。"

不管欧阳心的措辞是多么激烈,决定是多么难以撼动,但是,陈墨在后面的两个问题上还是含糊其词的,只是一个劲地哭,一个劲地说："我爱你,永远爱你,谁也分不开……"

那天,陈墨哭得稀里哗啦,让欧阳心很感动,也很难受。但是,她很不欣赏陈墨的这种软弱,她觉得这不是一个男人应该有的做派,在这场爱情中,可能是陈墨得到的太容易,让她在他心里有了廉价感。为此,欧阳心仰天长叹。

感慨后,欧阳心基本上可以判定,自己早就进入了陈墨父母的视线,已经被多次评分,分数绝对不高。

这个判断很快得到了证实。

那天,中央电视台的一个名嘴来大学讲课。欧阳心早早就为陈墨抢到了位置,但是,直到主持人已经开始介绍嘉宾了,陈墨也没来。欧阳心忙向陈墨同寝室的打听,同寝室的说,陈墨正在实验室大门前打手机,欧阳心忙起身找了过去。

几分钟后,欧阳心就看到了陈墨,此时,陈墨的样子让她大吃一惊,头发被他自己抓得乱糟糟的,整个人忽而伤心,忽而激动,一会儿来回走,一会儿又蹲下,声音很低,但是显得很急,而对方的声音却很大。

"她哪点不好?"

"她哪点都好,但是,得我讲好才行。"

"人家到底做错了什么?"

"她哪点都没有错,但是,不经过我同意和你谈恋爱就不行!"

"你是我的仓库保管员?"

"小陈墨我告诉你,我不仅是你的仓库保管员,我还是你的一把锁。"

"我多大了?"

"你就是万岁爷,也是我儿子,也得认你娘这把镣铐。"

"这件事就没有个解决办法?"

"没有。因为你们藐视了我,尤其是这个女孩。"

"正因为尊重你,才没敢提前跟你说。"

"不是尊重,是你们心虚。"

"我明天就让她跟你说,向你道歉行吗?"

"偷了别人的东西,还道歉……"

陈墨声嘶力竭地说:"你不讲理呀!"说着,愤怒地把手机摔了。

欧阳心第三天就病倒了。这天下午,欧阳心托同学给陈墨带去了一个新手机。陈墨把自己的手机卡装上后,发现了欧阳心发给自己的信息:

陈墨:

我知道了一切!

痛是尖锐的!

谢谢你那么爱我! 正是因为这样,我才有义务让你脱离苦海。

分手吧。

不要再来找我。在这种爱情面前,我发现自己是懦弱和无力的。我既不敢向你的母亲当面道歉,也没有能力改变你的母亲。因为,连她的儿子也做不到。

万事万物,都有一个尽头,该到了一个了结的时候了。

陈墨看到这个信息后,疯了一般地打欧阳心的手机,疯了一样地给欧阳心发信息,但是欧阳心始终关机。

江南的雨季是绵长稠密的。当晚,暴雨如注。凌晨 2 点,和欧阳心同寝室的女生叫醒了欧阳心。刚才,她无意中发现路灯下站着一个人,仔细一看,正是陈墨。此时,陈墨打着雨伞,一动也不动,肩膀和裤脚早就被雨水湿透了。

欧阳心只看了一眼,就冲下楼去,然后一下子扑在陈墨的怀里。

那晚,欧阳心觉得,许多双眼睛都见证了这个雨地里的爱情,这场被风吹雨打过的爱情来之不易,当然会更长久。

这何尝不是一个痴情人的一厢情愿哪?!

大四上半年,学校和英国剑桥大学签署了一个人力资源创研项目,双方互派交换生。消息一出,校园里炸开了锅,许多学生直接把消息告诉给了家长,然后在争取交换生名额上各显神通。

星期天晚上,欧阳心把陈墨带到草坪上,然后抱着陈墨一阵打滚。

陈墨傻了,问:"你这是什么演习? 准备滚雷?"

欧阳心亲了陈墨一下说:"知道吗? 我们要解放了!"

陈墨不解。

欧阳心看着天上的月亮说:"我们要飞了,月亮公公,为我们一路照明啊!"

陈墨问:"今天你在食堂多刷卡了吧? 吃多少呀? 撑得胡说八道的。"

欧阳心一把搂住陈墨的脖子,小声地说了一阵。陈墨像是被人讹了,一下子推开了欧阳心。

原来,欧阳心利用自己是班干的身份,不仅为自己争取到了交换生的名额,也为陈墨争取到了一个名额。

陈墨说:"没让我填表啊!"

欧阳心笑了:"你什么我不知道? 再说了,你看现在,有几张表是等来的?"

陈墨不吭声了,愣愣地看着欧阳心。

欧阳心捏了一下陈墨的鼻子,说:"有没有搞错啊?你怎么会是这种眼神?知道这个名额多难争取吗?本姑娘可是舍出老脸和性命才拿来的,你不就地叩头还则罢了,还敢用这种漠视的眼光来看我?"

陈墨忙敷衍说:"当然不是。"

看来这件事的含金量真的是太高了,陈墨的这句话得到了欧阳心的认定。欧阳心顺势躺在陈墨的怀里,看着远方的月亮,无比憧憬地说:"我们到了英国后,就断绝所有的联系,一起考研,一起留驻英国……"

欧阳心说着说着就坐了起来,因为,她感觉到陈墨淌汗了。

"你怎么了?"欧阳心问。

陈墨惨淡地笑着说:"也许是幸福来得太突然了吧。"

"那你到底去不去呢?"欧阳心问。

"当然……"

陈墨的这种沉吟由此拉开了一场离别之戏的大幕。

这几天,兴奋的欧阳心一直在为交换生的事情做准备。但是,当那天学校教务处在汇总时,欧阳心没有发现陈墨的名字。

因为,这个名单是最后上报到英国领事馆的名单,欧阳心大吃一惊,一打听才知道,是陈墨自己抽回了表格。

"为什么?"欧阳心愤怒地问。

陈墨说:"这个……我父亲身体不好,我妈不让我走……"

欧阳心说:"那好吧,在你母亲和我之间,你做个最后选择吧。"

陈墨苦苦地笑了一声说:"这个……干吗要这样?你非去不可吗?"

欧阳心挂掉了电话。

在英国剑桥大学当交换生期间,欧阳心考上了比特的研究生。在读研的两年里,她哭了半年,为陈墨,也为那个胎死腹中的爱情,直到喜欢上她的导师比特。

比特有着海明威一般的体魄和大胡子,这像磁铁一样吸引了欧阳心。她最后决定睡到比特的床上时,她对陈墨说,再见!绳索总有断的时候!

但是,为异国的爱情欢天喜地的她,很快就尝到了另一根绳索的滋味。

这个比特在一个美丽的东方女性面前,情欲像一条长着触手的章鱼,牢牢包裹着对方的身体,也紧紧地包裹着对方的灵魂。欧阳心敏感地感觉到这一点,于是她做的第一件事,就是拒绝了比特的求婚,接着,拿到硕士学位后就立刻启程回国。

回国前,欧阳心对国内的国企和民企都做了摸底。最后,她把目光定位在全国 200 强,已经上市的超大型企业天马集团。

一等的相貌、流利的外语、扎实的专业知识、开阔的视野、自信的眼神——欧阳心在面试中,9 个面试官全打了 A,其中有 7 个打了 A$^+$。

这样,欧阳心毫无争议地进入了人力资源部,坐了第一把交椅。

在一次集团核心层碰头会上,销售部的陈立谈到了员工管理问题,说到问题员工时,提到了陈墨的名字。

在陈部长的眼里,陈墨销售业绩差,沟通能力差,自信心差,培养潜力差,人格缺陷明显,行为古怪,建议放在第一批名单中予以处理。那就是除名一部分,遣散到生产车间一部分。

初听到陈墨的名字,欧阳心一怔。

到了英国后,她就和陈墨彻底断绝了关系。两年来,她根本就不知道陈墨的情况,她简直不能接受的是,难道自己来到天马之前,命运已经把陈墨放在这里,今天,作为具有生杀大权的自己,面对过去的恋人,这一刀被安排得也太残酷了吧。

为此,她的第一个念头便是,这个陈墨和那个陈墨是两个人。她说:"能把这三十个人的基本情况给我看看吗?"

显然陈立对这件事是做过功课的,他把一沓表格放在了欧阳心面前。

当翻到第十张时,陈墨的照片出现在了欧阳心的面前。欧阳心慢慢放下那些表格,然后向集团老总谈了自己的看法。

受到导师比特的影响,欧阳心从一个故事来说明自己的立场。

13 世纪的英国,国王命令两个武官去选择一支队伍加以培训。焦尔并没有选择那支素质高、武装到牙齿的队伍,而是选择了一支由乞丐、劳改释放人员、城市流浪者组成的队伍。两个月后,焦尔训练的部队打了胜仗,而那支武装到牙齿的队伍吃了败仗。

欧阳心说:"智慧管理者注重的是人心的再造和推动,短视管理者注重的是外表的华丽和修饰。我个人觉得这些人的潜力都还在,对于他们的潜力,我们应该加以培养和挖掘,而不是加以抛弃和毁灭。在这些人的潜力中,一定会有感恩部分,一旦这种情绪被调动,他们的潜力都会被集团所用。"

欧阳心发言时,全场没有声音。大家或者感到她的观点怪异,或者觉得她的观点是故弄玄虚,或者认为这根本就不切实际。

但是,一个礼拜后,集团老总亲自签署了一份文件,同意欧阳心部长的建议,成立了业务深造班,对欧阳心所说的三十名员工进行业务培训,一个月后按照培训情况,决定其去留。

作为人力资源部部长,又是班级的创立者,欧阳心除了亲自设计课程,还要每个星期来巡视一次,或者讲一次课。

在课堂上,欧阳心得以和陈墨四目相对,但令欧阳心浑身起鸡皮疙瘩的是,陈墨每次都显得那么平静,好像坐在讲台上的欧阳心是一个他从来没有见过的人。有时,在下课的时候,欧阳心与他偶遇,他也表现得异常平静。这种平静显然不是装出来的,就是一个陌生人和另一个陌生人见面时的反应。

这让欧阳心痛苦不堪,那天她对管班的科长说,为了检测学习效果,她想听听学生们的反映。于是,她列了一个名单,这些名单来自各组,其中第三组被圈定的代表就是陈墨。

谈话是在欧阳心办公室进行的。

"我能保证坐在我前面的就是陈墨,你能保证我不是欧阳心吗?"欧阳心举了举手中的职工报名表说。

这时,进门后就一直平静地看着欧阳心的陈墨说:"其实,你救我毫无意义,我是一个没有希望的人。我的心理咨询师跟我说,我的身后站了许多人,每个人的手上都牵着一根绳子,他们的想法我一点都不敢苟同,但是,他们都站在我的背后,我一点办法都没有。所以,我不认为你在这个时候向我抛绳子有多高明。"

欧阳心说:"你的描述能力还是那么好。如果真如你说的,我抛出去的是一根绳子,你不妨抓住,我们共同努力,或许能走出来,或者……"

"谢谢。"陈墨轻声地说,语气中有轻蔑和嘲讽。但是,仅仅是一会,他浑身一震,他发现两行泪水从欧阳心的眼睛里直直地流下来。

星期天,欧阳心终于得到一个睡到自然醒的机会。从昨天晚上12

点半,一直睡到第二天下午 3 点。欧阳心刚梳洗完毕,就有人敲门了。欧阳心从猫眼里一看,外面站着一男一女,手里拎着东西,那是两个漂亮而讲究的礼品盒。欧阳心问:"你们找谁?"女的说话了:"欧部长你好,我们是陈墨的父母。"

欧阳心一怔,但是,她还是很快就打开了门。

进门后,让欧阳心想不到的一幕发生了。欧阳心还没打招呼,陈母就跪了下来,不停地说:"谢谢你,欧部长! 谢谢你!"

欧阳心忙把陈母扶了起来,说:"阿姨,你这是做什么? 这让我担当不起啊!"说着,让两位老人坐到沙发上。

欧阳心住的是集团公寓,条件一般,加上来玄武不久,家里也没配置多少东西,看上去,屋子里空荡荡的。

坐下后,陈母一边抹着眼泪,一边说:"欧部长,你可不知道,我天天盼着见你啊! 在大学时,你们的事我知道,我天天跟陈墨说,要把女朋友带回来给我们看看啊! 可是这孩子说你准备考研,怕耽误你学习。结果……我后悔啊!"

这时,欧阳心把两杯茶端了过来,陈父和陈母一起站起来接茶水,一起说:"谢谢欧部长!"

欧阳心坐下来,笑了笑说:"叔叔阿姨,不要客气,叫我小欧好了。在你们面前,我总归还是个孩子,家里没有那么多礼数。"

陈母对陈父说:"唉,你看人家这孩子多会说话。"

陈父也没有什么话好回应,只是说:"谢谢,谢谢!"

陈父说谢谢,陈母又流眼泪了,她说:"欧部长,你不知道这个地方的人多坏,嫉妒能人。我们家陈墨偏偏又是个直肠子人,搞不好花花绕绕的那一套,这两年在单位很受排挤,每天到家都唉声叹气的,一个劲说想辞职,被我拦住了。因为,天马集团是上市公司啊!这里的福利待遇好,发展前景也好,好死不如赖活着,忍一忍,说不定就能等到云开日出的时候,这不,你就来了。"

欧阳心说:"关键还在他自己,我的作用微乎其微!"

"不不不。"陈母摇着手说,"陈墨回去说了,这个深造班是你为他设立的,我……"

说到这,陈母又流下了眼泪,欧阳心见状,递过来几张纸巾。陈母一边握成一大团去擦眼泪,一边说:"孩子,其实你不知道,你去英国后,陈墨多伤心,那个夏天,他差点死掉啊!"

这时,欧阳心低下了头,眼圈明显红了,她的心里充满了委屈。

陈母上前一步,一下子拉着欧阳心的手说:"孩子,你不知道我们家陈墨多喜欢你,你离开他之后,天就塌下来了。看到他瘦得只剩下了一把骨头,我好后悔啊!后悔自己当初没有到学校见你,后悔没有让陈墨把你带回家……"

说到这,陈母的嗓子也哑了,显得非常痛苦,欧阳心忙递过去一张纸巾。

陈母擦掉自己的眼泪说:"听说你回来了,你不知陈墨多高兴。可是,他也有顾虑,因为,他心里一直有你啊!他想再回到你身边。但是,你现在这个地位,他又很自卑,所以每次见到你,只能装着不认识,回家后又哭得跟泪人一样。我骂过他,我说,谁没做错过事,火车还有跑错道的呢,知道错就好了,知道错就要改正,就要大胆地跟人家说,我想欧阳部长能做成这样,本事是第一位的,品德和气量更是最关键的。"

陈墨父母走后,欧阳心哭了一个多小时,她这才感到,这些年陈墨一直在等着她,一直爱她,这真让她万箭穿心。

此后,每到周末,陈母都会在天马集团的大门口等欧阳心,见到人就问:"可看到我闺女下班啦? 我等她回家吃饭。"

当有人问:"你闺女是谁啊?"

陈母就高声说:"欧阳心啊! 欧部长。"

再过一段时间,陈母不来了,换成了陈墨在集团门口等欧阳心。

那时,欧阳心是想让陈墨向自己表达歉意的,是想听到陈墨向自己再次表白的。但是,当她看到憔悴和清瘦的陈墨就再也不忍心了。再说,在这段感情风波中,自己也是有瑕疵的。和导师的同居,难道不是一种背叛吗? 要说惩罚,这种惩罚对于陈墨来说可不轻。所以,那天,当陈母提出要她和陈墨确定恋爱关系和结婚时间时,她先于陈墨点头了。

17

"这么说,那天在陈墨家,陈母说谎了。欧阳心回国后,根本就没有主动去纠缠陈墨。而是陈墨母亲看欧阳心在天马集团地位显赫,起了敬畏和攀附之心。"杜遥说,并对自己的总结连连点头,"我相信,我相信。更为重要的是,陈墨在天马集团的地位岌岌可危,有被炒的可能,恐慌的陈母急需欧阳心这个靠山。"

苏汀说:"是的。目前,欧阳心伤心和恼火的有两点,一是,陈墨死后,陈母对她的态度来了一个一百八十度大转弯,这让她很失望,让她感受到了一种虚伪和世态炎凉;二是,这段时间,总有人给她打匿名电话。"

杜遥问:"是什么人呢?"

苏汀说:"据欧阳心说是一个不男不女的人,自称是陈墨的'同志',在欧阳心抛弃陈墨后一直安慰着陈墨。近年来,两人的感情如胶似漆,两人的关系经过艰苦的努力,也得到了陈母的承认,下半年两人已经商定在巴厘岛结婚。没想到，欧阳心的到来让一切都化成了泡影。为此，他非常恨欧阳心，每次打电话都诅咒她赶紧自杀。同时，每到夜里 12 点，这个电话就会再次打来，不说话，只是大口大口地喘着粗气。欧阳心已经到了快崩溃的边缘。"

杜遥："欧阳心难道就因为这个去找陈母的麻烦？不管怎么说，那个人也不是陈母教唆的。"

苏汀说："欧阳心气愤和委屈的是，如果匿名电话属实，自己回国后，陈母就不应该欺骗自己，而陈墨更为可恶。所以，欧阳心感觉，陈墨在伊人谷等的人，那天上午和陈墨吵架的人以及在镜湖公园的亭子里和陈墨说话的可能就是这个男人。"

当苏汀把这个想法说出来后，杜遥显得很兴奋，好像找到了真理："对！就是一个男人。因为，只有这样，后面所有的情节才合理了。"

苏汀好像并没有被杜遥的情绪所左右，她思考一会，跑到一边打通了导师的手机。

接通后，她汇报了最近的调查结果，并说出了自己的判断。

"下一步是怎么考虑的？"导师问。

苏汀说："我想去一次刑警队，借助他们的力量搞清楚一些事情。"

导师很赞成。听苏汀忽然不说话了，导师问："还有什么问题吗？"

苏汀就把自己的一些情况告诉了导师。她告诉导师，有个现象开始困扰她了。就是那个黑影，那个黑影在两个时间段上出现频繁，一是当苏汀进入陈墨的情感困惑时，二是每当杜遥向她表白时。

"你感到恐惧吗？"导师问。

苏汀说："不。相反，我心里还有一种莫名其妙的感觉。"

"依恋，期盼？"

"是的……可是这个黑影一直是模糊的,我特别想看清他的脸。"

"把陈墨的事当成课题来完成。我想,等你把陈墨的事情弄明白了,这个黑影就现身了。"

18

当晚,苏汀有梦。

她孤零零地站在一望无垠的湖面上,四周都被死气沉沉的湖水所包围。她想移动,却被恐惧粘住了双脚;想尖叫,却被惊恐粘住了咽喉。

她低头看了看脚下。那黝黑的深不见底的湖水随着她的视线开始翻腾,迅速变化成一种令人作呕的血红色,突然,那血色里浮现出一张模糊的人脸。

她尖叫起来,然后拼命地向湖岸狂奔,这时,血色的湖水突然变形,变成了一只只血淋淋的手,不停地拉扯着她的双脚。

此时,湖水已经淹没到了她的胸口,那张无血色的脸静静地浮在湖面上,冲着她诡谲地笑。

当湖水将她彻底吞噬时,她终于醒了。此时,汗水已经湿透了整个被子。她坐在那,愣神地看着桌子上那个木偶,久久都没法正常呼吸。

在惊醒的那一刻,她突然想起,水中的那张脸有点像那个常常出现的影子。

19

第二天下午,苏汀去了市刑警队。

今天是除夕,路边的商家大都歇业,四周年味开始浓郁。家家户户门前都贴上了春联,仍在营业的商家也在门前挂起了灯笼。挂在房檐下的灯笼在风中轻轻地摇摆着,像是一团团火苗。

苏汀来前有过预约,所以,她走进撒巴提办公室不久,撒巴提就从门口走了进来,头发乱糟糟的,手上端着一碗开了盖的、热气腾腾的泡面。看到苏汀,他笑着说:"稀客呀! 大过年的,不在家待着,跑到我这儿干什么? 代表我们局长查岗?"

苏汀笑了笑,问:"可以坐下吗?"

撒巴提忙推了推面前的一把椅子,示意苏汀坐下,然后又问:"有事吧?"

苏汀说:"是的,还是陈墨的事。我想来了解一下情况。"

"说吧。"撒巴提呼噜呼噜地吃着面。

撒巴提吃面的样子太不好看,苏汀真想制止他。她说:"一是,我想确认一下,我到底还在不在嫌疑犯名单里? 二是,打听一下你们的进度。"

"什么进度?"撒巴提问,转眼间,他竟然将那么大一碗面干掉了,给苏汀的感觉简直就是往嘴里倒。

"陈墨被杀案的进度。"苏汀说。

撒巴提把泡面盒猛地搓揉成一团,然后向垃圾桶里一扔说:"刘当没跟你说吗? 你早就不在警方视线里了。"

"为什么?"苏汀问,"我倒产生了好奇,我完全可以杀死陈墨呀。"

撒巴提抹了一下嘴巴,点上一支烟,笑了笑说:"你的这种好奇,也让我很好奇。"

苏汀笑了。

撒巴提说:"怎么,还有伸头往杀人案件里扎的?"

苏汀说:"就算请教吧。"

撒巴提点了点头，然后拿出一副教育的口吻说："上次我就说过，被害人是死于被钝器重击造成的肋骨骨折，尸检报告早就出来了，这就排除了你的嫌疑。"

"能排除他杀的可能吗?"苏汀问。

撒巴提说："这个不能。"

"你们有没有做过自杀的判断呢?"苏汀说，"也就是说，陈墨有没有自杀的可能呢?"

撒巴提说："这个问题，我们曾经考虑过，最后还是排除了，因为，我们无法解释这两点:第一，那天晚上，也就是陈墨自杀前，有人看到，陈墨在镜湖公园的那个亭子里和一个人交谈，情绪很激动。这个人是谁? 如果陈墨自杀，他为什么不施救? 第二，死前，陈墨的肋部受过重创，这个重伤是谁造成的?"

苏汀说："有没有这种可能? 陈墨是先自伤，然后再自杀，这样客观上可以加快死亡的速度。"

撒巴提笑了笑说："想象力在案件侦查中是非常重要的，但是，它毕竟不能代替事实。对于一个不识水性的人来说，不用重伤自己，也活不过三分钟。"

显然撒巴提回答了苏汀的问题:"陈墨不可能自杀。"另外，杀害陈墨的嫌疑人尚未到案。

苏汀迷惑了，坐在那发呆。

这时，撒巴提笑了笑说："大小姐为什么对这个事这么感兴趣?"

苏汀说："平常，人的心理有肯定的一面，也有否定的一面，两者需要协调，心理才能保持均衡和健康。我发现，陈墨心中的否定功能是较弱的，所以，他会被动接受许多负面的东西。另外，动机决定行为，反之亦然,行为是动机的基本折射。这些就是我关注陈墨事件的理论依据,也算是我的本行吧。"

撒巴提抠着鼻子说:"嚯!还纳入了你的学术课题。好呀!我表示支持。"又问:"琢磨这么久了,有什么独特的发现?如果有价值,我报奖,奖金不少哦!"

苏汀说:"可以分享一下。"

见苏汀一副自信劲儿,撒巴提有些意外,他笑着说:"是吗?请掰掰。"

于是,苏汀就把伊人谷的事和当天上午陈墨和一个女人吵架的事说了出来。说到伊人谷之谜时,她还出示了那张照片。

苏汀说的这两件事,虽然在苏汀那里已经被盘出了皱纹,但是,对于撒巴提来说却显得非常新鲜。他一边饶有兴趣地听着,一边不停地点头,最后,他问:"这两个人在你心目中是什么地位?"

苏汀说:"如果能找到这两个人,就能解开陈墨的死亡之谜。"

撒巴提说:"好,如果这条线索真能帮助我们打开僵局,我绝对为你请功。"

苏汀说:"不需要,到时候,能把你们的侦查结果告诉我一下就足够了。"

撒巴提想了想说:"可以,我想可以。到时候,我会向局长请示。"

苏汀变了脸说:"这是我们俩的私下协议,与他没有任何关系,请尊重我的意愿。"

撒巴提马上说:"行行行,就这么定了。"

20

这几天,苏汀哪里都没去,猫在暖色壹号里,翻阅陈墨的病历、回放自己和陈墨的谈话录音。

【录音资料】

时间:2月1日。

地点:暖色壹号。

对话人:陈墨(C)、苏汀(S)。

S:是一个什么样的壶口?

C:关羽被困的那个壶口。

S:哦,好像在电视剧中看过。情节很模糊了,请你描述一下行吗?

C:四面全是高山。往上看,山顶被挤成了一条线。

S:一线天。

C:是的。前面有人堵截,关羽非常绝望。

S:关羽害怕吗?

C:害怕了。关羽害怕了,急出了一身汗。

S:记得曹操放了关羽一条生路。

C:那天,曹操没有那么做。

S:哦! 你确定吗?

C:确定。不仅没有为关羽让开一条道,而且命令士兵把所有的缝隙都填上了。很惨,连关羽头上的那一点点缝隙也填上了。

S:关云长采取措施了吗?

C:关云长哭了。关云长急哭了。关云长非常恐惧……

【混:拿纸巾的声音。】

S:曹操和关云长能和解吗?

C:不不,绝不可能,一切都关闭了,一切都不能调和。

【录音资料】

时间:9 月 3 日。

地点:暖色壹号。

对话人:陈墨(C)、苏汀(S)

S:这些彩球都是我喜欢的。

C:都给我吗?

S:是啊! 我想知道你最喜欢哪一个?

C:要我选择吗?

S:是的。可以多选,也可以全选。

C:可是,我都不喜欢。

S:一个都不喜欢吗? 你看,那个彩球还是来自国外呢,朋友从俄罗斯带给我的。

C:可是,我都不喜欢。无法喜欢它们,它们让我很混乱,完全失去了辨别能力,很烦恼!

S:它们从没有给你带来过愉悦感吗?

C:我感觉它们会被我不小心吃进肚子里,然后在那里生长出根须。哦,对了,我身体里是有些东西在生长的,好像就是它们。

S:让你很不舒服吗?

C:非常不舒服,它们完全控制了我的细胞,包括胆汁,还有饥饿的欲望和兴奋的程度。有它们在,我感到自己老了。一切都在向身后退去,大块大块的灰。

S:你可以不喜欢它们,但是,你总归要喜欢自己的。

C:是啊! 我一直考虑能不能在它们之外找到我的另一半。

【录音资料】

时间:7 月 19 日。

地点:暖色壹号。

对话人:陈墨(C)、苏汀(S)。

S:你确定他们在做雕塑?

C:确定。我从这个角度看得非常清晰。

S:是什么材质的?

C:铜的。不,螺纹钢的;不,是金刚石的。

S:这样就会显得异常坚硬。

C:对对对。苏老师真会总结。你要知道,许多人都无法理解要素这个概念。

S:塑像成功吗?

C:整整一年都没有站起来。我知道他们需要什么。

S:说说。

C:那天,下着鹅毛大雪,天气寒冷异常,懦弱的人和动物都无法生存,我去了。我到了那尊无法站立起来的雕像面前。我给了他们一件东西,一件至关重要的东西。那雕像就站了起来,那个人就站立了起来。我太喜欢了,我把他当成了我自己的情人。

S:一件什么东西啊?

C:呵呵! 是我最喜欢的东西啊! 我一定要为他隐瞒。当然,你可以在一本书里找到,那里说得很详细,你要虔诚才行。

S：看来,你对这个雕像很满意。

C：呵呵,不行不行,还要等等。我之所以贡献这么重要的东西,是因为我有理想,这个雕像是一个典范你知道吗? 如果……

S：如果什么?

C：如果有一天,这个典范没有发挥作用,我就砸碎它。彻底地砸碎。

以上三个录音片段是苏汀从自己和陈墨的谈话中摘取的。

她把这三个录音片段整理成文字后,又反复地看了许多遍,那种关于陈墨是自杀的判断就更加强烈了。

这时,杜遥来了。他笑着问:"申请到国家力量了吗?"

苏汀知道杜遥说的是自己找撒巴提求助的事,她说:"我忽然感到,他们无法向我提供陈墨他杀的证据了。"

杜遥笑了笑说:"嚯,好大的范。哪来的这么大自信?"

苏汀就把三段录音的文字资料给杜遥看。

杜遥看完后说:"这就是心理疾病者的意识流吧。你决定把它们作为重要参数了?"

苏汀问:"你看出什么了吗?"

杜遥又看了看那些文字材料,说:"我实在缺乏解码梦话的能力,你能看懂吗? 不,你当时能听懂吗?"

这时,苏汀的手机响了。苏汀把手机托在手上对杜遥说:"第一,这可能是他们的电话。第二,他们没有找到我们要找的人。第三,如果这个人找不到,我想这三段录音资料我就看懂了。"

由于没人接,手机铃声断了。

杜遥说："赶紧回过去吧。不要再第四了,否则又断了。"

苏汀并不急,她说："第四,我们下一步考虑的问题,应该是造成陈墨自杀的导火索是什么?"

这时,苏汀的手机又响了,苏汀按下了接听键。

手机是刘当警官打来的,让苏汀到刑警队去一下。

苏汀说："我觉得去的意义不大,你们不可能找到那个人。"

那边没有声音了,最后,对方笑了一下说："是的,撒队对你提供的线索非常重视,成立了两个组。一组去了天马集团,一组去了伊人谷。尤其是伊人谷,我们调集了视频科的所有力量,结果,没有发现 12 月 1 日晚上与陈墨约会的人。"

苏汀说:"12 月 1 号上午,陈墨和一个女人吵架了。这个查了吗?"

刘当说:"查到了。就在 16 楼,那个时间段是上午 10 时 15 分 11 秒。陈墨在打手机,表情特别丰富,像是在演戏。"

苏汀:"12 月 1 日下午陈墨自杀前,在镜湖公园的亭子里和一个人说话,这个人查到了吗?"

刘当说:"这个人既是撒队的救命稻草,也是撒队脑后的那根烦恼的毫毛。"

"也就是说,欧阳心的嫌疑也被排除了!"苏汀问。

刘当说:"理论上说是成立的。"

已经没有什么再交流下去的意义了,苏汀结束了和刘当的对话。

当苏汀把自己和刘当的对话告诉杜遥后,杜遥问:"在警局的时候,你把欧阳心提供的线索跟他们说了吗?"

苏汀说:"你说的是那个打匿名电话的人吗? 我没说。"

杜遥问:"为什么?"

苏汀说:"这是知识产权,我得有些保护意识。"

杜遥笑了。

笑了一阵,杜遥问:"下一步怎么办呢? 你的问题都得到了解答,该歇歇了。"

这时,苏汀拿出一只信封,然后在杜遥面前摇了摇。

"什么宝贝?"杜遥问。

苏汀说:"是的,是宝贝,欧阳心给我的。"

杜遥把信封接了过去,打开后看了看,发现全是通话记录。

"谁的?"杜遥问。

苏汀说:"那个给欧阳心打匿名电话的人,我想把这个人找到。"

"你是说,他可能就是陈墨在伊人谷等的那个人? 或者说那天晚上,在亭子里和陈墨说话的人?"杜遥问。

苏汀说:"是的。"

杜遥往沙发上一躺,长叹一声。

苏汀瞥了杜遥一眼说:"这是我的最后一课,你参不参与? 我已经把这些话费单拍照了,先发给你,如果你愿意,我们就行动。"说着,打开手机,将图片资料一一传给了杜遥。

杜遥的手机一阵一阵地响时,杜遥也不看它,只是用胳膊挡住脑袋,说:"小臣累了,厌倦了,疲劳了。满脑子都是死亡,扭曲,分裂,血管都黑了。"

苏汀说:"表示理解。你回学院吧,到导师身边做你自己喜欢做的事去。"

杜遥坐起来,诚恳地说:"其实,你的学术研究可以结束了。我给你设计的调研报告的题目是:《感情的多棱镜下一个侏儒的变形与融化》,

如何？请注意我的关键词：'感情''多棱镜''侏儒''融化'。"

苏汀说："但是，我的关键词是'为什么'。我希望自己能够游刃有余地走进事件的过程中，并熟记和理解事件的每一个细节。"

杜遥表示无奈，摇了摇头。

苏汀说："不要为难了，就这么定了。"

杜遥见苏汀的表情不对，又感到语气不正常，就说："有一句话虽然老旧了，还是有参考价值的：凡事，旁观者清。我个人觉得，你钻牛角尖了。你是有主业的，又是一个女孩。最主要的是，在这个事件中，你也是焦点。目前，你要做的不是把这个焦点放大，令它更为清晰和火热，而是让它日趋淡化，以求抓紧脱身。否则，别人会猜测你的意图，对你的行为重新加以定性，从而生出许多是非来。OK？"

苏汀说："我的主业就是，不能是思想上的巨人，行动上的侏儒。另外，提醒一下，你的无边际狂想症又发作了。"

苏汀的这一段话，让杜遥的脸色很不好看。他猛地站起来，愣了一下，好像要说什么，但是没有说出口，最后，大步走了出去。

杜遥走后，一阵孤寂感像水一样漫过苏汀的头顶。一个多小时里，她坐在椅子上，动也不动。慢慢地，她的眼睛就湿润了。她觉得自己的话有点尖刻了，对杜遥是不公平的。

这些年来，她能感受到杜遥对自己的感情，这种感情是真诚的，超乎寻常的。对于杜遥平时的做派，苏汀并不陌生，有点嬉皮士，有点玩世不恭，但是，一旦到了苏汀面前，他马上就规矩起来，严谨和庄重起来。为此，每当杜遥向自己表白，她都能体会到对方为此而做的功课：从挑选时间、地点、礼品，到开场白，都显得特别用心，特别有设计感。这种设计感固然显得过于匠心，甚至有些做作和虚伪，但是，对于一个女孩来说，是温暖的,有心的。围城之下,苏汀多有接受之意,但是,每到这个时候,总有一个黑影站在自己的面前。这个黑影高大、厚实,足以将她的身心与杜遥隔离开来。

尽管如此,杜遥仍然没有放弃。他的眼睛告诉她,他会坚持,无论多么艰难。这难道还不足以让一个铁石心肠的人改变初衷吗?

在这次充满失败的调查中,她分明看到,一脸阳光的杜遥,自从介入这个事件中,便日显憔悴和疲劳,黑眼圈都出现了……

想到这些,苏汀冲动起来,她拿出手机拨出杜遥的号码,但是,电话刚拨出,她又按灭了。接着,她脸色赤红,额头上全是汗,呼吸也急促起来。此时,那个黑影越过窗户直接走到她的面前。苏汀虽然看不清黑影的五官,但是能清晰地感受到对方的眼神,她看到两行乳胶一样雪白的泪水在黑影的脸部缓缓流动。

苏汀慢慢地合上了眼睛,那些关于杜遥的想法顿时像一群受到惊吓的鸟,四散逃走了。于是,黑影向后慢慢地退了几步,然后飘然而去。黑影走时,苏汀看到窗帘不停地晃动,很久才停下来。

21

像一个初识水性的人,在水里扑腾了一阵后,又回到了原点。这是苏汀对自己在这些日子里所做的努力的总结。

是再扑腾,还是坐在岸边观望,或者晾干身上的水渍,然后拎包走人? 一时间,苏汀也迷惘了。伴随迷惘的还有孤独感、失落感,甚至有一种莫名的被抛弃感。她仔细梳理了一下,终于明白,这些感觉都来自杜遥。

是的,杜遥至少有一个礼拜没有和她联系了。上次杜遥负气而走时,她自信地判断,不要一个小时,这个家伙就会回来,说不定还会很贱地向自己道歉。但是,整整一个星期,杜遥像一颗遥远的星辰,只能感受而难见踪影。

今天,苏汀特别烦,接待完两个患者后,她的心就彻底乱了,尖锐的空虚感像一只只虫子,一口一口地吞噬着她的耐心和自信心。

终于,她拿出了手机,给杜遥发出了一条短信,就一个问号。

但是,仅仅过了几秒钟,她又发出一条短信:对不起,发错了。

对此,对方毫无回应。

苏汀感到浑身发冷,腿竟然颤抖起来,于是,她又发出去一条短信:杜遥,你来开这个课题,导师知道吗?

发过这条短信后,她就盯着屏幕看。

这次,杜遥的短信来了,是一个图像:一个得意扬扬的充满胜利感的企鹅。

苏汀的脸立刻红了起来,她这才感觉到,杜遥一直躲在角落,死死地看着她,就等她投降。

羞恼的苏汀立刻发过去一条短信:可耻!

不一会,苏汀的手机响了,是杜遥打来的。苏汀见状,嘴里骂着,狠狠地按了一下拒听键。

但是,不到两秒钟,苏汀的手机又响了,是杜遥发来的信息:有重要情报!

苏汀刚将这几个字看完,手机又响了。

等手机铃声响到筋疲力尽了,苏汀这才慢腾腾地接起来,但是,不愿先说话。

杜遥在那边说:"我找到了那个匿名电话。"

苏汀兴奋起来,她像是被吓着了,一下子捂住了嘴,然后问:"真的?你撒谎。"

"是的。"杜遥肯定地说。

那天,杜遥确实是负气而走的。但是,不到一个小时,心中的怨气就烟消云散了。他担心苏汀会气坏身体,想马上回到苏汀那里去,但是又放不下面子,同时,他算定苏汀最终会向自己投降的,于是,他决定自己先行动起来,待做出了成绩,再跟苏汀扯皮。

按照欧阳心提供的匿名电话的信息,很快,他通过邮政局的一个同学,查出了许多更加详细的信息,就是那个打匿名电话的所用过的座机。

围绕这个信息,杜遥在玄武城一口气走访了二十多家。

目前,用座机的已经很少了,这些座机安放得都很偏僻,一般都在城郊,或是在老城区某条脏兮兮的巷子里,有的放在小卖部门口,有的放在小饭店的吧台前,一块钱一分钟。

令杜遥高兴的是,找到这些座机的客户时,他们基本上都能记得打电话人的模样,因为,这个打电话的人看上去很奇怪:男人,30多岁,戴一顶灰色鸭舌帽,黑色口罩,墨镜,瘦。

昨天上午,杜遥走访到木材收费站的一个小门店时,调取到了一个摄像头的录像。从录像里看到了这个人,只是由于图像质量不行,加上此人相距摄像头较远,根本就看不清这个人的面孔。下午杜遥朋友打来电话,说他从大黄页上查找到一个尾号为393的座机号码,这个号码来自镜湖岸边的弄墨茶吧。

听了杜遥的叙述,苏汀感到很意外,同时也很感动,但是嘴上却说:"这么光明正大的事,偷偷摸摸的干什么,而且是窃取了我的情报。"

杜遥赶忙辩解,但是苏汀马上说:"好了好了,给你一个戴罪立功的机会,来接我吧。"

杜遥就笑了,揣在心里的那只鸽子扑棱棱地就飞走了。

半个小时后,两人来到弄墨茶吧。

接待苏汀和杜遥的是何杰。

如今何杰已经不是那个在手机上偷偷摸摸玩游戏的服务生了,他居然在弄墨茶吧当上了大堂经理。穿西服,扎蝴蝶结,留了一个鬼头,头顶四周见不到毛茬,当中却突然隆起一片,看上去,整个人像是一支成了精的毛笔。

因为和苏汀见过面,印象又那么深,所以,当苏汀和杜遥一走进大厅,何杰就迎了上去。"欢迎二位光临!"他热情地吆喝着,"现在本店新增加了十几个包厢,请问你们是在大厅坐,还是去后面?"

杜遥看了看苏汀。

苏汀则看了何杰一眼。

何杰的胸前有一块牌子,上面写着姓名和职务。

苏汀说:"何经理,要个包厢吧。"

苏汀的一声"何经理"让何杰非常有面子,他马上满脸堆笑地说:"可以可以,老顾客8.5折。"然后从屁股后面掏出一只对讲机喊:"醍醐厅上客。"

走廊很长,很快一连串声音从走廊的深处渐渐传来:"醍醐厅上客……"

苏汀刚走几步,忽然停了下来,她对何杰说:"何经理,我们一起坐坐吧。"

"我?!"何经理指着自己说,"有事吗?"

杜遥说:"是的。有些事可能要麻烦到何先生。"

何杰说:"没关系,你们先去,我就到。"

苏汀和杜遥刚坐下不久,果盘和茶水就上来了,接着何杰走了进来。

坐下后,何杰指了指其中的两个果盘说:"这两个果盘是我个人送你们的。"

苏汀说:"谢谢。"

何杰问:"不知二位找我有什么事?"

苏汀说:"何经理,是这样,我的一个朋友,最近老被匿名电话骚扰,非常烦恼。"

何杰笑了,说:"现在还有打匿名电话的,这人的智商要低到什么地步才能做这种事。现在科技多发达,一下就把你查出来了。"

苏汀说:"所以,我们这次来,还是抱着很大希望的。"

何杰不知何意,说:"哦!有什么需要我帮忙的请讲。"

于是,杜遥就把他的调查结果说了出来。

听说匿名电话是从弄墨茶吧打出去的,何杰的脸色立刻就变了,他马上拿出对讲机喊:"3号3号,请你到醒醐厅来一趟。"

不一会,一个红脸庞女孩走了进来。

何杰马上向苏汀和杜遥介绍说:"这是大堂副经理。"接着他问大堂副经理:"我们家一共有几部座机?"

大堂副经理说:"两部,一部在总经理办公室,一部在吧台收银处。"

何杰问:"总经理办公室的钥匙谁有?"

大堂副经理说:"只有总经理有。"

何杰转而问杜遥:"这个匿名电话打多长时间了?"

杜遥回答不出来,看着苏汀,苏汀说:"有一个多月了。"

何杰笑了,他说:"看来,我们家老总没有机会打这个匿名电话,他去美国看女儿已经快半年了。"

苏汀马上说:"我们可以去看看吧台的那台座机吗?"

何杰说:"可以。"

一行人很快就来到了吧台。

因为吧台紧靠大厅,为了不影响营业,何杰带着苏汀等人从后面来到了吧台。

吧台一共有三名收银员,一男两女,苏汀看了一下没看到座机,她问:"请问你们的电话在哪里?"

何杰也没看到电话,问:"电话呢?"

听何杰这么问,那男生走到连接走道和收银台之间的一个拐角,拿出了一部话机来。

是橙色话机,看上去给人一种压迫感。

何杰问:"怎么把话机放在这? 怎么不放在明显的位置?"

男生说:"都有手机了,谁还用它? 过去都是打给老总的,老总不在家,就放一边去了。"

这时,苏汀把自己的号码报了出来,要求那男生打一下。男生照着做了。随着一阵沉闷的铃声,苏汀看了一眼手机,又对着话单看了一下,点了点头。

没等苏汀问,何杰就问了起来:"平时,你们谁用过这部电话?"

听何杰这么问,那个男生和两个女生互相看了一眼。这时,男生首先说:"我们都用过。"

苏汀问:"除了你们,还有谁用过?"

男生想了想说:"大厅乱哄哄的,电话又在紧靠走道的一边,即使有人用,我们也不会注意。"

何杰看着苏汀。苏汀说:"何经理,我们再回包厢聊聊吧。"

回到包厢后,何杰问:"能确定谁用这部话机了吗?"

苏汀说:"确定。"

何杰说:"刚才你也看到了,电话机放在走道处,那个走道是员工走道,平时你来我往,很杂乱。可能无法确定是谁用这部机子打了匿名电话。"

杜遥问:"弄墨有多少员工?"

何杰说:"三十二名。"

苏汀说:"男员工多少人?"

何杰想了想说:"不到十人。"

这时,苏汀拿出手机调出了一段录音,这录音是欧阳心传给苏汀的。苏汀先放了录音:是匿名电话,是一近似于女人的声音,正在骂欧阳心。

"欧阳心吗? 陈墨让我带信给你,你要的东西他为你买好了,他在路上等你,快去快去!"

录音放完,杜遥起了一身鸡皮疙瘩,身子下意识地晃了晃。

苏汀问:"何经理,这个声音你熟悉吗?"

何经理也打了个冷战,说:"没有。弄墨的员工里绝对没有人是这种声音。"

苏汀暗暗地叹了口气,她想,也许这个人借着到弄墨消费的名义,偷偷用了这部座机呢? 如果是这样,问题就复杂了。她不死心,说:"何经理,可以帮个忙吗?"

何杰说:"请讲。"

苏汀就提出了一个要求,希望何杰能让这里的所有男生都录一段,台词就是那段骂欧阳心的话。

听苏汀这么说,何经理拿起手机走了出去。

接着,苏汀听到何杰在外面和自己的老板说话,说了一会,便进来说:"这样,我们正常是下午 2 点上班,明天上午取消休假,男女员工全部参加录音。"

苏汀知道这必然是那个在美国度假的老板的意思,她说:"谢谢!这样的话,我们明天也过来,现场录音听更好。"

何杰答应了。

22

弄墨茶吧的正常上班时间是下午 2 点到晚上 11 点,所以上午被公司喊来上班,员工们心里很不爽。

当三十多名男女员工在院子里集合时,大家纷纷猜测着来这里的原因,有的抱怨,有的则显得很不安。

不一会,何杰和大堂副经理带着苏汀和杜遥来到了员工的面前。何杰介绍苏汀和杜遥说:"这两位是搞文化传媒的,要拍一部反映茶楼文化的微电影。"

何杰这么一说,队伍里马上安静了,每个人的脸上都像打了光一样。

何杰接着说:"为了拍好这部电影,剧组准备选几个音色好的演员,所以,上午占大家一些时间,做个简单录音,再由这两位老师挑选。"

队伍马上兴奋起来,许多人的眼里充满了期待。

这当口儿,苏汀的目光则像扫描仪的射线一样,在每一个人的脸上掠过。

录音就在最里面的一个包厢进行,台词是苏汀重新设计的:

欧阳心吗?雨墨让我带信给你,你要的东西他为你买好了,他在路上等你,快去快去!

按照苏汀的要求,为了节省时间,所有的人只需要录一遍。为此,不到 10 点,就完成所有员工的录音。最后,何杰说:"我和副经理也录吧。"苏汀说:"谢谢配合!"于是,杜遥给何杰和那个大堂副经理也做了录音。

录音结束后,苏汀和杜遥立即赶到学院,然后在学院广播站对录音进行甄别和处理。

从 11 点开始,一直听到晚上 8 点,苏汀发现,弄墨所有员工的声音和手机里的声音都无法匹配。

苏汀一下子躺在沙发上,沮丧极了。

晚上,杜遥在街边大排档请苏汀吃饭。坐下时,苏汀一言不发,点菜时杜遥说:"有没有想过,打电话的可能不是茶楼里的人呢!"

关于这一点,苏汀在茶楼时想过,于是,她拨通了何杰的手机,她问:"大厅里装摄像头了吗?"

何杰说:"没有。因为这是娱乐场所,涉及公众隐私,如果客人发现大厅里有摄像头,就再也不会来了。"

苏汀死心了,把手机默默地放在了一边。

这时,杜遥问:"喝点什么饮料?"

苏汀说:"酒。"

杜遥马上冲炒菜的老板打响指:"喂,老板,来瓶啤酒。"

苏汀说:"不,白酒。"

杜遥看了看苏汀,又向老板喊:"白酒,玄武特酿。"

这当口儿,苏汀从桌腿旁拿过一瓶水,给自己面前的一只玻璃杯加满。

不一会,菜和酒都上来了。苏汀向四周看了看说:"给我倒酒。"

杜遥就把自己面前的一杯酒加满了。这时,苏汀把自己面前的那杯水推了过来,把杜遥面前的那杯酒端了过去。

杜遥笑了。

很快,苏汀就把满满一大杯酒喝完了。杜遥见状,把酒瓶子塞在了一边,让老板上饭。

见酒瓶子没了,苏汀盯着杜遥看,杜遥笑了笑说:"现在,摆在我们面前的是一团乱麻,需要一颗极为清醒的大脑才能理清楚,所以我们吃饭吧。"

吃完饭,杜遥送苏汀回家,可是送到建设巷时,苏汀以巷子狭窄,车子在里面走危险为由,让杜遥回去。杜遥看了看巷子,此时,巷子里人来人往,还不断地出现电瓶车和自行车,就答应了,但是,他一再交代苏汀,到家后,一定要给他发个信息。

苏汀做了个 OK 的手势。

目送苏汀走进巷子后,杜遥开车走了。苏汀回头看了看,向巷子深处走去。

这条巷子是老棉纺厂的一道院墙,很长,走了几十米后,人就稀少了,再往前走十几米,灯光也稀落起来,巷子也显得幽静起来,四处的漏水声和隔壁工厂排气管的漏气声都十分清晰。

这时,苏汀听到身后传来一阵自行车声,忙向一边躲了躲,同时向后面看了一眼。就在这时,那自行车已经飞快地骑了过来。骑车的是一个戴着鸭舌帽的男人,戴着黑色口罩,左手扶着车把,右手拎着一只包。快接近苏汀时,"鸭舌帽"突然将右手的包抡了起来,做了几个大回环后,突然向苏汀砸了过来。

　　苏汀看到"鸭舌帽"的一刹那,浑身起满了鸡皮疙瘩,内心的骤然恐慌使她两腿一软,整个人一下子就瘫软在地。于是,那沉甸甸的包擦着她的头皮飞了过去。

　　那包没有砸到苏汀,却将旁边的一个塑料垃圾桶砸翻了,最为可怕的是,骑着自行车已经蹿出去很远的"鸭舌帽"见没有砸中苏汀,掉转车头又冲了过来。但是,他只是向这边冲了几米,忽然又掉头跑了。随即,一个男人从苏汀面前飞快地跑过,直向"鸭舌帽"追过去。

　　苏汀见状,大喊:"杜遥! 杜遥! ——"

　　听苏汀喊叫,那男人停下了脚步。果然是杜遥,他见"鸭舌帽"已经消失在巷口,转身跑过来。

　　苏汀已经站了起来,一把抱住杜遥,大口大口地喘着气。

　　杜遥也很累,大口大口地喘着,他问:"没砸到你吧?"

　　苏汀说:"差点……"

　　杜遥觉得苏汀的手冰凉,并抖个不停。"走吧,"杜遥说,"到车上说吧。"

　　到了车上,苏汀一下子就瘫在副驾驶座上,她惊魂未定地问:"你怎么来了? 你怎么……"

　　杜遥说:"我车子拐进玉兰大街时,看到这个人骑着车转进了巷子。我心里一惊,忙跟了上来,结果,这个家伙拐过一条巷子,又钻进了另一条巷子。这样我的车子就进不去了。不知为什么,这个家伙离开我的视线后,我出了一身冷汗,我想到我在查访那个匿名电话时,人们提到的鸭舌帽,尤其是我第一感觉,这个家伙是冲着你去的。所以,我把车子一停就追了上来。"

　　显然是受到了惊吓,苏汀的牙齿打着战,眼泪竟然流了出来。

杜遥说:"好了,都过去了。我马上送你回家。"

苏汀紧紧抱着自己的胳膊说:"不不,再陪我一会。"

杜遥就把车子点上火,然后打开了空调。

过了一会,苏汀明显平静多了。

杜遥说:"苏汀,就此结束吧,事情复杂了,你身上可没有枪啊!"

苏汀摇了摇头说:"大戏拉开帷幕了。"

"难道你还要查下去?"杜遥问。

苏汀说:"你不觉得,今天我们是有收获的吗?我敢断定凶手就在弄墨茶吧。"

杜遥说:"你就是能断定凶手是谁又能怎么样?你没有执法权啊!"

苏汀说:"从一开始我就没有说过我能代替警方抓人,我只对造成陈墨死亡的原因感兴趣,至于到底是谁犯罪,那的确是警方的事,或者是检察院或法院的事。"

杜遥沉默了,看着窗外。

玄武的夜色不错,四处灯火如织,对于杜遥来说却是一片迷离之色。

这时,苏汀又说话了:"其实,你也不想放弃,不是吗?"

杜遥笑了笑说:"不!我真觉得……这样,我有两个建议。"

苏汀说:"一个投降,一个败退。"

杜遥说:"算你猜对了一个。一、从这个事件里跳出来。二、把它交给警方。"

苏汀想了想,点了点头,然后拨了刘当的手机。

杜遥看着苏汀的手机问:"打给警方吗?"

苏汀说:"是的。"

杜遥脸上的表情立刻松弛了。

手机很快就拨通了，苏汀问："刘警官，请教一个问题。"

那边好像客气了一下。

苏汀说："如果一个人用假嗓子说话，可以辨别出来吗？也就是说，目前，警方有没有这种侦破技术？"

刘当说："这很难，至少玄武市公安局还没有这种技术，这涉及声波和声谱分析。再说，做这种分析，需要条件。"

"什么条件？"

"必须有嫌疑人的原声资料。当然，即使有这种资料，准确性也仅在60%。最主要的是，这里的科技含量很高，做这种分析，要做大量的取证和排查工作。"

"有没有更好的途径？"

刘当笑了："怎么，有人给大小姐打匿名电话？"

苏汀说："是的。"

刘当说："'是'，还是'假如是'？"

苏汀说："是。"

刘当笑了："一般来说，声谱分析只是重大刑事案件的一个辅助分析，一般的案件，警方不会受理。问题是，你现在找到了嫌疑人没有？如果找到了，直接起诉，然后将这些材料在法庭上出示即可。"

苏汀说："我有匿名电话的录音，但是嫌疑人一大堆，匿名电话分明是变声变调的，对不上。在这种情况下，刘警官能为我支着吗？"

刘当沉思了一下，然后说："如果嫌疑人一大堆，你就让嫌疑人按照你的录音，用假嗓子再说一遍，这样做可能会更好些。"

苏汀如获至宝，显得很兴奋，连声说谢谢，结束了谈话。

苏汀和刘当说话时，杜遥都听到了，他说："怎么，你难道想让弄墨茶吧的那三十几个人,再说一遍你的台词,而且是用假嗓子?"

苏汀说:"是的。这是最有效的办法。"

杜遥叹了口气说:"还是交给警方吧,你没觉得你这样做,也是一种破坏现场吗?如果这个人真是犯罪嫌疑人,你是在打草惊蛇啊!"

苏汀没有搭理杜遥。

23

虽然说是下午 2 点上班,但是,弄墨茶吧真正上客的时候是在下午 5 点以后。所以,苏汀和杜遥来到弄墨时,整个大厅还比较冷清。

来前,苏汀和何经理通过一次电话,显然,这一次何杰的态度没有昨天晚上那么热情了。他问:"还是那个事吗?有结果了?"

苏汀说:"效果不是太好,有些事可能还要麻烦你。"

何杰说:"我下午在外面谈一个团购的事,不一定过去。"

苏汀说:"那就晚上见。"

何杰马上说:"晚上就更难说了,再约吧。"说着就挂了手机。

但是,苏汀还是带着杜遥来了,她的判断是:老总在国外,家里主要交给何杰,他不可能随便脱岗。

果然,苏汀和杜遥前脚到,何杰后脚就到了。

到底是在江湖上混得很久了,如此见面也不尴尬,何杰只是说:"回来拿个材料,既然二位到了,就坐坐吧。不过我时间不多。"

苏汀说:"不会耽误你太多的时间。"

还是在醒醐厅。

苏汀把自己的想法说了出来。

听完苏汀的要求,何杰苦笑着说:"二位,我这里是做生意的,既不是片场，也不是案发地。如果按照你们的要求，把我的员工集合起来，并且让他们按照你们的要求表演一番，这就不仅是影响我生意的问题了。"说到这，他强化自己的话题说，"现在的形势你们也知道，有时，除了大厅有几个人，几十个包厢能上三分之一的客就很难得了。请你们一定要理解。"

苏汀说："这些我都想过了，能否这样，不用再集中，我们就在这里，一个一个喊他们进来。"

何杰说："那更不行，当班期间，各个工种一环扣一环，一个人离岗，可能会带来整场的混乱。"

杜遥说："那就再麻烦何经理向你们老总请示一下，明天上午把员工集中起来。"

何杰笑了笑说："不瞒二位，我已经向老总汇报过这事，老总也没说不支持，但是，希望通过官方渠道。也就是说，这个事，你们应该及时报案，让警方过来处理。这样可能更好些。"

杜遥看着苏汀。

苏汀显然是被堵住了，在那沉思着。

这时，何杰说："实在对不起，我是回来拿材料的，要不，二位……"

苏汀站了起来，说："打搅了。"

出了弄墨茶吧，杜遥见苏汀脸色不好看，就说："其实，人家说得在理，就交给警方吧。"

苏汀先不理杜遥，当坐进杜遥的车后，她说："你对警方不了解，他们的档案，没有几十年都不会解密，一旦让他们插手，我就被屏蔽了，这个课题就会被完全挡在外面。"

杜遥似乎还想劝说什么，苏汀又说："我再想其他办法吧。"

24

说是想办法,其实是一筹莫展。

回到暖色壹号,苏汀焦躁了一会,然后泡了杯浓茶,坐下来慢慢喝。

茶杯里,茶叶很快就舒展开了,看上去像是一片树林。苏汀叹了一口气,开始仔细梳理这些日子发生的事情。

梳理了一会,她忽然感到自己已经滑翔到了事件的中心,已经站在了犯罪嫌疑人的门前,只是在具体操作和实施中,自己缺少"捕鼠器"和捕鼠资格而已,同时,自己也确实不想让警方介入,以破坏自己的现场感,从而把事情僵在了这里。

正这么纠结着,已经是下午1点前后。这时,苏汀的手机响了,苏汀一看是杜遥打来的。杜遥在电话里,再次劝苏汀考虑和警方合作。

杜遥说:"你可以和警方签订合约,在案件侦破过程和案件侦破结束后,资讯共享。"

苏汀笑了笑说:"在警方眼里,公民有提供所有案件线索的义务,谁还有资格在这方面和警方提条件?"

杜遥叹了口气说:"那怎么办呢?"

苏汀说:"看过蘑菇的生长过程吗?蘑菇只要存在就能存活,就会处心积虑地不顾一切地生长,直到迫不及待地钻出来。"

杜遥笑了笑说:"这么说,你在等着嫌疑人主动跳出来,然后乖乖地向你报到?"

苏汀说:"有什么不可能呢?"

"有过吗?"

"真是不从自己身上过刀,感觉不到一丁点痛。在巷子里,那个想置我于死地的人,不就是一个生长过速的毒蘑菇吗?"

"天哪! 如果再等这个人出现在你面前,你不觉得代价太大了吗?"

苏汀说:"可是……我觉得很值。"

这时有人敲门了。

苏汀说:"来人了,再聊吧。"说着把电话挂断了。

来者是快递员,先前已和苏汀联系过,这会见到苏汀,核对了姓名,又要了签字,丢下快件就走了。

很快,快递上的单子引起了苏汀的注意:没有投递人地址、姓名和联系方式。

苏汀找来一把剪子,小心翼翼地打开了快递。

信袋里有一封信,白纸写的。苏汀只看了一眼,心先是一缩,接着又怦怦地跳起来。

因为,她第一眼就看到了"欧阳心"三字,尽管这三个字并不是在第一行。

尊敬的苏汀老师:

　　非常钦佩你不断探索和努力钻研的精神,但是,我认为你绕路了。

　　我知道12月1日陈墨在伊人谷等谁。他等到了那位,只是任何人都不愿意跟你说真话而已。

　　我也知道陈墨出事的当晚,他在镜湖公园的雨花亭里和谁说话。我看得非常清楚。

　　我以我的人格和做人的良心告诉你:这两个人其实是一个人。

　　你们已经和她打过交道,恕我直言,在这个人的江湖里,你们只能算作是一片树叶,你们都被这个人轻易地骗了过去。

她就是天马集团人力资源部的部长欧阳心。

还有一个信息你们一定会感兴趣的。

那就是,到底是谁给欧阳心打的匿名电话呢?哈哈哈!开心!

又是谁固定在深夜那个点让欧阳心在电话里听一个人沉重的呼吸声呢?哈哈哈!真的很开心。

你们可以去深圳天皇街 96 号看一看,那里有一个亚洲规模最大的影楼。老板是一个女人,叫徐雅迟。

至于这个徐雅迟为什么要打欧阳心的匿名电话,建议你们去看一部美国电影:《断背山》。

苏汀一口气将这封匿名信看了十几遍,然后给杜遥打电话。

杜遥问:"什么事?"

苏汀很兴奋,但是,她矜持地说:"我们来讨论那只毒蘑菇。"

"是吗?"杜遥兴奋地说,"听口气,你请到了哈利·波特,拿到了魔法秘方。"

苏汀把手机挂了。

十分钟后杜遥来了。

进门后,他就问:"那只毒蘑菇出土了吗?"

苏汀把那封匿名信递给杜遥说:"先看看。"

杜遥来时,由于赶得急还没有调整好呼吸,此时,他一边喘着粗气,一边迫不及待地看那封信。

看后,他坐了下来,愣在那里。

苏汀问:"怎么看,风车先生?"

杜遥笑了笑说:"呵呵,又跑来一只兔子。"

"什么意思?"

"你不认为这封匿名信在这个时候出现很奇怪吗? 分明就是放兔子让你撵嘛。至于兔子会不会被撵到他可不管,但是有一点是肯定的,放兔子的人安全了。"

苏汀想着杜遥的话,抬起头说:"也就是说,这是一颗烟幕弹,是存心搅局?"

杜遥说:"其实,你看第一眼就应该注意到,这算不上是什么好事。"

苏汀说:"我跟你的看法不一样,我觉得搅局也是一种呈现,说明我们的调查行动惊到了这个家伙。这个家伙不仅存在,而且非常危险,目前面对着我们锲而不舍的调查,他开始焦躁了,恐惧了,想把我们从他身边全力引开。不是吗?"

杜遥:"现在,我倒是想听听你最终的判断是什么。"

苏汀说:"我的判断是,写这封匿名信的人与陈墨,与欧阳心都有关系,可能就是那个打匿名电话的人。"

杜遥点了点头说:"如果再放大些,他可能正是那天晚上在亭子里和陈墨说话的凶手。"

这时,苏汀问:"《断背山》这部电影你看过吗?"

杜遥打开手机百度查起来,然后抬头说:"呵呵,是说同性恋的。好家伙,陈墨是个同性恋,欧阳心也是,四个人在一起过,不就没有矛盾了吗? 呵呵……"

苏汀自言自语地说:"没有这么好笑啊! 同性恋或许在传达着一种极为深层的心理信息吧。"

这时,杜遥问:"匿名信中提到了许多新的线索,显然是不靠谱的,你查不查?"

苏汀说:"当然要查,是线索就要查,只有把所有疑点排除了,才能更接近真相。"

杜遥说:"如果因此能找到这个家伙,我只能说,此人身上背负着陈墨的灵魂。"

苏汀连忙抱紧了自己的胳膊。

25

上午,杜遥早早就把车子开到了暖色壹号,接上苏汀就赶往天马集团。

两人赶到天马集团时,正赶上天马集团举行升旗仪式,等苏汀和杜遥走进集团大院,仪式刚结束,潮水般的人群一下子就把苏汀和杜遥淹没了。由于工人们全都穿着一样的制服,在一阵阵褐色的浪潮里,苏汀和杜遥倒十分显眼。这时,苏汀忽然想到了什么,她停了下来,目光追随着前面的"浪潮",但是,追逐了一会,又放弃了。

杜遥问:"你看什么?"

苏汀又向前看了看,没有说话。

来之前是预约过的,这次,欧阳心在小会议室接待了苏汀和杜遥。

人似乎比上次更瘦了,眼睛显得出奇地大,大得让人怜爱。细长的手指上,那枚戒指不见了。

坐下后,苏汀说:"欧阳部长,又来打搅你了。"

"没关系。"欧阳心笑了笑,然后问,"还是那个匿名电话的事吧?"

苏汀问:"最近接到过吗?"

欧阳心摇了摇头,然后说:"谢谢你们。"

苏汀和杜遥互相看了一眼,这时,苏汀问:"欧阳部长,这次来想向你了解另外一些事。"

欧阳心把水杯向苏汀面前推了推,然后轻柔地说:"请便。"

苏汀问:"欧阳部长来天马前,在深圳待过吗?"

欧阳心想了一下说:"有的。待了两个多月。"

苏汀问:"因为什么离开的?"

欧阳心说:"专业不对口。录用我的是一家大型家政公司,做了一阵感觉企业理念不行,就离开了。"

苏汀笑了笑问:"欧阳部长对婚纱摄影这个行业怎么看?"

欧阳心笑了笑说:"这应该是一个暴利行业吧,靠的是掠夺精神附加值生存罢了。不感兴趣。"

这时,杜遥问:"在深圳你还有什么朋友吗?"

欧阳心说:"当然有。我的一个大学同学,在政府部门工作,上个月已经提拔了。"

苏汀微笑着问:"如果方便的话,可以打听一下,你这个同学叫什么?"

欧阳心说:"叫钱茉莉,山西人。"

杜遥:"有联系方式吗?"

欧阳心打开手机,调出了钱茉莉的号码,杜遥马上记了下来。

这时,苏汀又问:"你知道深圳有一个大型婚纱摄影公司吗?据说为亚洲最大,在深圳市天皇街。"

欧阳心吃力地想了想,摇了摇头。

"认识一个叫徐雅迟的人吗?"苏汀问,"徐徐前行的徐,高雅的雅,迟到的迟。"

欧阳心说:"不认识。"

苏汀和欧阳心在谈话期间,杜遥的手机不时地振动。苏汀看了一眼忙个不停的杜遥,拿出了那封匿名信:"欧阳部长,我这里有一封信。对不起,我做了处理,只有几行字。请你看看。"

欧阳心从苏汀手里接过信,认真地看了看,然后说:"请问这是什么意思?"

苏汀说:"你看过这种字体吗?"

欧阳心笑了笑说:"现在很少有人写字了。"

苏汀问:"工人发工资还签字吗?"

欧阳心说:"全部表格化了。工资直接打到卡上。"

苏汀又问:"就企业目前的生产情况,在什么情况下,工人才会用到签字?"

欧阳心笑了笑说:"什么情况下都用不到签字了,因为上班都刷脸了。"

苏汀心里立刻变得空空如也起来。

接下来,苏汀又打听了天马集团的员工情况和福利情况,眼见着欧阳心很疲劳了,这才告辞。

欧阳心一直将苏汀和杜遥送到喷泉前才留步,这时,她忽然说:"那些字是左右手写的。"

苏汀一怔,问:"你怎么看出来的?"

欧阳心笑了笑说:"我父亲是教师,可以双手同时写字。"

回到车上,苏汀把杜遥的包往后面一扔,不高兴地说:"以后工作期间,能不能集中些精力?"

杜遥知道苏汀一定是误解了自己。他说:"你在和欧阳心谈事的时候,我也在工作。"

苏汀看了杜遥一眼。

杜遥说:"我给深圳的朋友发了许多短信,要他们帮助我核实那封匿名信中提到的问题。"

苏汀问:"有结果了?"

杜遥说:"当然,朋友帮我查了。在深圳既没有什么天皇街,也就没有亚洲最大的影楼。在铜锣嘴街区倒有一家韩资婚纱影楼,老板是个男的,叫廖要三。另外,欧阳心提到她在深圳工作过的地方和她女友的名字,我都查到了,全部属实。"

苏汀笑了,但是不想让杜遥太得意,马上就装作严肃起来。

这时,杜遥问:"我们刚进公司大院时,你看到了什么?"

苏汀说:"我看到一个女孩非常面熟,但是,人太多,走得又太快,穿的衣服也一样,转眼就找不到了。"

杜遥:"现在回忆起来了吗?"

苏汀说:"我想起来了。"

"是谁?"杜遥问。

苏汀说:"你还记得我们上次去弄墨茶吧做集体录音的事吗? 当时,所有的员工在院子里排成了三排,其中,有一个女孩和我今天看到的这个女孩非常像。"

杜遥说:"应该是撞脸吧。"

苏汀说:"是啊! 在你眼里,所有的女孩都一样的。"

这句话里是有嘲讽意味的,杜遥能听出来,但是,不知为什么,很开心。

"就算是同一个人,那又怎么样?"杜遥问。

苏汀说:"因为,这个女孩离欧阳心近,离弄墨也近,其中就可能产生联系。"

杜遥笑了笑说:"心理医生确实应该和侦探联合办公的。"

苏汀说:"欧阳心和我们告别前的那句话非常有价值,我知道下一步该去哪里了。"

杜遥说:"其实,我也知道你要去哪了。"

苏汀看了杜遥一眼。

杜遥说:"弄墨茶吧。怎么,你觉得这一次你拿到了捕鼠器?"

苏汀说:"事情已经变得很简单了,只要让那个何杰帮我们查一下身边可有会左右手写字的人,就结束了。"

苏汀说这些话时,显得很自信也很兴奋,但是杜遥没有吭声,只是把车子发动了。

苏汀说:"别藏着,让冷水泼出来好了。"

杜遥轻轻地转动着方向盘,车窗外的风景便动了起来,看着熙熙攘攘的人影,他说:"想法很好啊!思路也很清晰,关键是我们已经不是座上宾了,上次那个何杰已经开出了进门的条件,你觉得他还会配合你吗?"

苏汀说:"我也是这么想的。但是,如果事情没有闹到这么尴尬的地步,那么要你这个'大英雄'在身边又有什么用呢?"

杜遥看了苏汀一眼,苏汀笑了。是偷笑,她把脸转到了一边。

26

今天晚上,弄墨茶吧异常地热闹,门口人头攒动,文化墙前的各种灯饰也亮得十分卖力,远远看去,好像是外星球的一个庞大的不明飞行物降落到了镜湖岸边。

客人突然增加反而让弄墨的管理者们有些惊慌失措,当听说有六个包厢被一个大老板一次性包下,而且还有几个外国人来消费时,何杰吃惊异常,决定带上果盘亲自上门问候。

在菩萨蛮包厢,何杰忽然看到了苏汀和杜遥,吃了一惊。杜遥站起来说:"怎么,今晚我们玄武医学院包场,何经理不开心?"

听杜遥这么说,何杰才找到北,连声说:"贵人贵人。感谢都来不及呢! 哪能说不欢迎。"

苏汀说:"何经理,顺便介绍一下杜遥杜会长吧。他是我们玄武医学院学生会会长,今天,为了给学院的几个交换生办生日 Party,特地把活动安排在了你这里。"

这时,杜遥拍了一下何杰的肩膀说:"这种活动,我们几乎每星期都有,我们来时,何经理要打折哦!"

"一定一定!"何杰说,向几个外国人摇了摇手。几个外国女学生立刻用蹩脚的中文说:"谢谢帅哥!"

包厢里立刻传来了一阵欢快的笑声。

这时,啤酒上来了,杜遥让何杰坐下,然后和他对饮了两杯。

接着,苏汀和两个外国女学生也与何杰碰了几杯。

几瓶酒下去后,何杰声称工作期间不好过度饮酒,先告退了,杜遥和苏汀来送他。

送到包厢外,何杰拍了下杜遥的肩膀说:"兄弟,仗义,今晚六减一。"

杜遥扯住何杰的胳膊,向四周看了看说:"兄弟,借一步说话。"说着,两人挪步到盥洗室一侧。苏汀也跟了上来。

"您说。"何杰热情地对杜遥说。

杜遥就把那封匿名信的事说了出来,希望何杰能帮着查查。

苏汀说:"何经理,这一次动静不大,只要能查出谁能左右手写字就可以了。"

何杰想了想,然后拍着胸脯说:"这个事不难,包在我身上了。"

听何杰这么说,苏汀主动伸出手去。

何杰连忙握住苏汀的手。何杰握住苏汀手的一刹那,杜遥发现何杰的身体明显一颤。

六个包厢的人一直闹到深夜 12 点才陆续离开弄墨茶吧。

散场时,苏汀到处找杜遥却找不到,最后,她看见杜遥正在和戴眼镜的男生说话。苏汀笑了。这个眼镜男才是真正的学生会会长。

上午,杜遥把自己的困难和这个会长说了,正好学院有一个活动,会长不仅答应把活动放在弄墨茶吧做,而且同意让杜遥当几个小时的会长。

见苏汀向自己招手,杜遥连忙跟会长告别,然后快步走过来,其中有几个步幅明显是有大有小有歪有斜的。

见杜遥来了,苏汀说:"车子就别动了,你喝酒了。"

杜遥说:"明白,已经找代驾了。"

苏汀说:"还有,你明天要注意抓紧落实。"

杜遥知道苏汀说的是什么意思,他说:"没事,今天他完全被镇住了,态度很好。"

苏汀说:"我爸手下有一拨子酒徒,记得我爸常说的话就是:酒桌上的话我不听,我不听。何杰表态时,可是喝了酒的。"

杜遥说:"那明天早上,鸡一打鸣,我就打电话。"

苏汀笑了,忙说:"我是说要把握节奏,等到合适的时机,你就催。"

杜遥打了一个响指。

接下来的三天,对于苏汀来说,真的是如坐针毡。她既怕何杰说酒话,把这个事扔在了一边,又怕何杰来电话,说一网无鱼。

正纠结时,何杰的电话来了,这已经是三天以后了。

接通电话后,苏汀说了一句:"等等。"然后一下握住手机的话筒,合上眼睛,深深地做了两次呼吸。等气息调整均匀了,她才说:"你讲。"

何杰明显很兴奋地说:"绝对是好消息啊!"

原来,何杰对苏汀有过承诺后,动了不少脑子,正在为找不到一个好的取证方式而发愁的时候,机会来了。市工商联要搞一个大型联欢会,要求全市各商会和著名企业报节目,其中有一个节目就叫"才华秀"。

何杰立刻号召全体员工都参加,并要求选手先表演,再入选。

第六个上场的是二楼 Q7Q9 包厢的料理员,叫方小芸。她表演的节目是双手写字。

当方小芸双手同时把"城阙辅三秦,风烟望五津"两句诗写出来时,赢得了一片叫好声和掌声。此时,何杰的心脏都快跳到了嗓子眼。于是,何杰以对方是事先准备好的为由,要求自己出文字,让方小芸写。方小芸同意了。

很快,何杰就把那封匿名信上的文字拆开,藏在了几句里,然后让方小芸再写,写完后,何杰拿到自己办公室一对照,和匿名信里的一点不差。

苏汀听到这个消息,眼睛睁得大大的,她问身边的杜遥:"这个方小芸写的字带来了吗?"

杜遥立刻打开手机给苏汀看拍的照片。

苏汀先是看了一遍,然后拿出那封匿名信来,反反复复对照了十几分钟,接着一屁股坐在沙发上,深深地舒了一口气。

杜遥说:"还有更为刺激的。"

苏汀马上说:"你先别说,我问你,方小芸的身份搞清楚了吗?"

"搞清楚了。"

"男的还是女的?"

杜遥笑了笑说:"当然是女的。"

苏汀转而问:"那你说更刺激的是什么事?"

杜遥说:"就是这个事。"

苏汀期待极了,她紧紧扯着杜遥的衣袖,生怕杜遥跑了似的。

杜遥说:"这个方小芸是兼职的,确切地说是弄墨茶吧的钟点工,因为后半夜,有的员工要倒班了,方小芸就做这个时间段的工作,9 点到 12 点之间。"

"既然是兼职的,她的本职工作是什么?"苏汀迫不及待地问。

"天马集团制图车间技术员。"杜遥说,然后看着苏汀的眼睛。

是的,当杜遥说出天马集团时,苏汀已经很兴奋了,当杜遥说,这个方小芸是天马集团的员工时,苏汀完全呆住了。

半天,她才自言自语道:"这么说,那天我在天马集团看到的正是这个人。"

这时,杜遥拿出手机,滑出一张图片来。是一个女生,不算很漂亮,但是很青春,眼睛虽然是单眼皮,也不大,但看上去不讨嫌,而且还有一种说不上的俏皮感。

苏汀只看了一眼就一下子捂住了自己的嘴巴,但是,一个啊字还是从指缝里漏了出来。

杜遥问:"就是她吗?"

苏汀又看了一眼,点了点头。杜遥发现,苏汀的眼睛里泛着晶莹的泪光。

杜遥问:"一个普通的技术员,为什么要打欧阳心的匿名电话呢?"

苏汀说:"欧阳心一定知道,一定比我们清楚。"

杜遥说:"也就是说,欧阳心在这件事上是有隐瞒的。"

苏汀不搭理杜遥这句话,而是拨出了一串号码。

可是没有人接。

杜遥问:"打给谁? 欧阳心吗?"

苏汀点了点头。

那边一直没有人接。苏汀说:"走,去找欧阳心。"

杜遥说:"你看几点了,晚上 10 点了! 再说,你这次去可不是拜访,而是对质,对方会很不高兴的。我看,我们还是商议一个万全之策,制定一些方案出来,明天见面也不迟。"

苏汀有些神经质地问:"如果那个方小芸忽然悟出来,从这个事件中跳出来了呢?"

杜遥说:"她要是有这个头脑,绝对不会踩何杰给她下的套子。"

苏汀不说话了,这个事像一副镣铐,一下子就挂在了她的身上。

一夜无眠。

方小芸为什么要打匿名电话骂欧阳心? 她和欧阳心到底有什么深仇大恨? 方小芸为什么这么怕暴露自己,以至于雇凶杀人? 那天晚上,要不是自己失足摔倒,可能就遭到残害。那么,这个方小芸是陈墨在伊人谷等的那个人,还是在镜湖公园的雨花亭和陈墨对话,最后推陈墨下水的人? 陈墨是方小芸亲手所杀,还是遭了那个"鸭舌帽"的毒手? 一个大型集团的技术员,为什么要去弄墨茶吧这种场所做兼职? ……

这些想法,像一只只让人心烦的黑老鸹,在苏汀的心头和脑海里不断地盘旋,聒噪个不停。

一直到第二天早上5点,苏汀仍无半点睡意。

楼下有一排垃圾桶,这时,一阵阵引擎的声音传来,苏汀知道,垃圾车到了。她走到窗前,伸手拉开了窗户。此时,临窗有一张桌子,桌子上有一面镜子。苏汀只看了一眼,就吓了一跳。

在镜子里,苏汀发现,仅仅是一夜间,自己就憔悴得不忍再看,下巴也更加瘦削了。

像是被什么蜇了一下,苏汀忙拉上窗户,然后踉跄地走到床前,一下躺了下去。这时,一阵浓重的睡意立刻像潮水一样席卷了她的全身。她知道自己终于抵挡不住困倦了,她决定睡一会,但是,她给自己下了一个指标:只睡十五分钟。

这一觉一直睡到上午9点,是手机的铃声叫醒了她。

电话是杜遥打来的,他问:"你在暖色壹号还是在学院?"

苏汀说:"呃呃呃!"

杜遥忙说:"你不会刚起床吧? 告诉你一件事,镜湖公园又出事了。"

苏汀眼睛一下子就睁开了,她问:"什么事?"

杜遥立刻发来了两张截图。

是两则消息:一则是《玄武晚报》发布的,一则是当地的一个著名网站——一锅红虾网发布的。

第一则消息是:三天前,一女人失足溺死于镜湖。

一锅红虾网的消息是:玄武市的一家知名企业女高管自杀。在该则新闻的导语处,消息说得更为详细:跳湖自杀的女子系天马集团人力资源部部长,叫欧阳心。

看到这里,苏汀立刻翻身下床,然后打了杜遥的手机:"真的是天马集团的欧阳心?"

"是的。"

"不是恶意炒作?"

"各地都成立舆情管理办公室了,网络谣言是要被追责的,何况是一个名头这么响的网站。"

苏汀怔怔地站在那,半天说不出话来。

"喂!你怎么啦?"杜遥在那边急切地问。

苏汀叹了口气说:"我们轻易就放弃了一条生命。"说到这,她泪如雨下。

27

欧阳心突然自杀,对苏汀的打击是沉重的。

伊人谷那枝无人领取的玫瑰、雨化亭里的那个对话者、小巷深处那重重的一击、深夜时在话筒里传来的沉重的呼吸声、那封言之凿凿的匿名信等等,都变得模糊起来。

一时间,苏汀像一只断线风筝,完全失去了方向,也失去了信心。

但是,仅仅过了一天,她就转换过来,她觉得欧阳心的自杀与那些匿名电话,与这份匿名信关系密切,方小芸难脱干系,必须对一个消失的生命做出交代。为此,她决定马上走访天马集团。

欧阳心自杀后,人力资源部调来了一个新部长,姓陈。陈部长原来是销售部的,也是集团的元老了,找他了解情况,也算找对人了。

听说苏汀和杜遥是欧阳心生前的朋友,陈部长表现得很热情,先是让座,倒水,然后坐下来,说了一大堆表示惋惜的话,对欧阳心的工作能力赞赏有加,嘴里不时发出表示可惜的啧啧声。

按照来前的分工,杜遥把他和苏汀此次来天马的目的说了,并说,这个事本来已经约谈了欧阳心。

陈部长听说苏汀要了解方小芸,就说:"对!有这个人。"

苏汀问:"她和欧阳心什么关系?"

陈部长想了想说:"要问她和欧阳心是什么关系,可能首先要说的是,她和陈墨是什么关系。"

苏汀一怔,杜遥也很意外,两人立刻互相对视了一眼。

杜遥说:"那就请陈部长先聊聊。"

陈部长见杜遥茶杯里没有水了,他站起来,先是为杜遥和苏汀重新续了茶水,然后坐下说:"这么说吧,方小芸、陈墨和欧阳心是个三角恋关系。但是,我觉得他们处理得很好。因为都是一个公司的,陈墨和方小芸又都在机关,我了解一些情况。这个方小芸先跟陈墨谈的,谈了不少年,可能方小芸看不上陈墨,就分手了,等欧阳心进了天马,欧阳心就和陈墨谈上了。"

苏汀问:"方小芸原来是哪个部门的?"

陈部长说:"原来就是这个部门的。"

"人力资源部的?"杜遥说,有点明知故问的意思。

"对!"陈部长说,"后来,欧阳心当了部长,或许考虑到方小芸曾经和陈墨的关系,就要求把她调到制图车间。"

苏汀说:"陈部长,谢谢你给我们介绍这么多,我们这次来,还有一个想法,就是想见见方小芸。"

陈部长身子往后一仰说:"这个容易。"说着,他走到电话前,嘟嘟嘟地按起了电话按键。

那边很快就有人接了,开始口气还很冷、很冲,听说是陈部长,马上软声细语起来。

陈部长说:"你们车间的方小芸在吧? 让她马上到人力资源部来。"

对方就扯着嗓子喊:"方技术员,方技术员——"好像没有人答应,对方就说:"陈部长,稍等,我去看看。"说着就放下了电话。

趁这个当口儿,苏汀问:"方小芸是什么班?"

陈部长说:"八小时班,很舒服的。"

苏汀想了想又问:"家庭条件怎么样?"

陈部长抠着自己的指甲说:"不是太了解,只知道老家是镇江的。在人力资源部时,我们常照面,给人的感觉非常谦和,非常低调,人也很务实和朴素,不像人家女孩那样,花哨得很。对了,和欧阳心简直就是两个世界的人。"

这时,电话铃响了,铃声像急骤的雨点一样,溅得到处都是。

陈部长倒是不急,他将嘴里的几句话给说全乎了,然后慢悠悠地拿起话筒来。接着,苏汀看陈部长的脸色慢慢阴沉下来。

"怎么回事?"待陈部长放下话筒,苏汀急忙问。

杜遥能看出来,苏汀问这句话时,显得很不安。

陈部长说:"车间主任说,昨天,方小芸突然请假回老家了,说她母亲病重。"

"昨天走的?"杜遥问。

"是的,昨天下午3点多钟的动车。"

苏汀和杜遥立刻互相看了一眼。

陈部长说："二位,你们来得不巧,那就等她回来吧。"

这分明就是送客了,苏汀和杜遥便站了起来。

刚出天马集团的大门,苏汀就对杜遥说："赶紧给弄墨茶吧打电话,问方小芸可在那里。"

杜遥不假思索地就打了何杰的手机,何杰回答说："没有。"又觉得杜遥的口气紧张,事情不小,补充说,"绝对没有。"

杜遥打何杰手机时,故意用了免提。所以,杜遥的手机刚挂断,苏汀就拨通了刘当的手机,希望刘当能通过关系,查一下昨天下午 3 点多从玄武开往镇江的动车的售票情况。

苏汀和杜遥还没坐进小车,刘当的电话就来了:

"方小芸用本人身份证购买了 17 号下午 3 点 16 分玄武至镇江的火车。"

苏汀身子无力地靠在车上,眼睛无神地看着远方。

低矮的天际上,无力地堆砌着许多云块,那些云块则在无力地向前蠕动着……

28

苏汀需要罪犯的心,警方需要罪犯的人。

这是杜遥最睿智的理解,接下来做的事,对苏汀来说,也是最为仗义的事。

当主要嫌疑人方小芸突然离开玄武时,苏汀流露出从来没有过的软弱和绝望,好像建了一辈子的大厦,一下子被人推倒一样。

杜遥见不得苏汀的沮丧和灰心,他背着苏汀去找撒巴提。

在警局,杜遥把这些日子他和苏汀了解到的事情和盘托出。

听了杜遥的叙述,撒巴提感到非常意外,他没有想到苏汀和杜遥在赤手空拳的情况下能把案情查到了这种地步。

但是,他还是批评了杜遥。他认为,发现到这种线索,应该立刻向警方报告,以得到及时处置,而不是擅自行动,其结果可能就是打草惊蛇,破坏了案件的原生态。

这种批评是在杜遥意料之中的,为此,他不想做任何辩解,只是把自己这次来的目的说了出来。那就是,借助警方的力量,尽快找到方小芸。

撒巴提说:"这个事就不用你再操心了。"

说着,他开始了一系列部署。

一方面通过警方的一线通,恳请镇江的警方能予以配合,在车站、码头设卡,注意拦截方小芸。一方面和镇江吴山区派出所取得联系,火速调阅方小芸的户籍资料,尤其是摸清其家庭地址和主要社会关系。

镇江方面反应很迅速,吴山区派出所在不到半个小时的时间内就把信息传了过来:

方小芸,女,二十六岁,未婚,现住吴山区马塘口 43 号。

通过卫星定位,撒巴提鸟瞰到了马塘口的全貌——是一个等待拆迁的老居民区,离玄武市有 5 个多小时车程。

撒巴提当即决定调人调车,随时准备南下。

杜遥见撒巴提动了真格,就说:"我见过这个人,我也去吧。"

撒巴提同意了,要求杜遥回去待命,随时接听警方电话。

从刑警队出来后,杜遥长长地舒了口气,心里又是兴奋又是不安。

兴奋的是,有了警方的介入,方小芸断难逃脱了;不安的是,他深深地知道,苏汀一直反对和警方深度合作,如果把这件事告诉了苏汀,不知苏汀是什么反应。

杜遥做了权衡,最后他还是决定跟苏汀说。理由是:一、自己的所作所为完全是为了苏汀考虑,无半点功利之心。二、非此举不能找到苏汀要见的人。

想到这,杜遥自信多了,决定马上去见苏汀。

为了不让苏汀感到突然,杜遥开始打苏汀的手机,但是,苏汀的手机总是在通话中。

半个小时后,杜遥再次打苏汀的手机,对方还在通话中。

杜遥觉得有些不放心,开上导师的车,就向苏汀的小区驶去。

十几分钟后,杜遥把车子停在了小区内,然后直接上三楼。待到了苏汀家的门前,他分明听到苏汀正在和别人通话。

对方像是一个男人,声音浑厚,但是,他的建议好像并不能为苏汀所接受,为此,他的声音刚落,苏汀便开始辩解:"能借助他们的力量找到方小芸当然是一件好事,但是,就这个课题来说,损失是巨大的。因为,我想得到的是自然心态下的意识活动资料。如果一个人的意识是被修正后的,或者是受到裁剪和修饰的,这种意识流无疑就是碎片,是没有多少采撷和分析价值的。"

针对苏汀刚才的看法,对方好像又说了些什么,只是孱弱多了,只听苏汀说:"好的,拜拜。"

卡着这个点,杜遥敲门了。听说是杜遥,苏汀一下子就把门打开了。

见到苏汀,杜遥被吓了一跳。

苏汀只穿了一件桃红色睡袍,头发有些乱,像是刚跟谁毫不客气地撕扯了一番。更令杜遥意外的是,一向很讲究的苏汀,并不在乎杜遥看到她这个样子,而是往沙发上一坐,然后蜷缩起来,现出一副若有所思的样子。

显然,刚才的电话还在影响着她。

"吃饭了吗?"杜遥问。

苏汀摇了摇头。

"倒杯水给你?"

苏汀还是摇了摇头。

"刚才和导师通话了?"杜遥转而这么问。

苏汀叹了口气,紧紧抱着自己的胳膊,像是抱着一个怕被别人偷走的瓜。

"还是因为方小芸的事吧?"杜遥问,"导师怎么看?"

苏汀换了一个坐姿,显得很无奈地说:"导师建议我去求助警方。"说到这,她表示不解地摇了摇头,然后问杜遥:"喂,你怎么看?"

杜遥心里一阵狂跳,因为,苏汀这句话像是一根针,一下子扎到了他的穴位上。他平静了一下说:"有没有这种可能,当警方抓住了方小芸后,我们申请专访,到那时候,你想怎么问不就怎么问了吗?"

苏汀看了杜遥一眼说:"刚才我和导师说的就是这个问题。如果是这样,你认为我们还能得到一个真实的方小芸吗? 那时候,她的所有心灵密码都加防火墙了,所有的话都是被过滤后才说出来的,这种在中途出现巨大损耗量的信息还有什么研究价值? 那是一种完全被搅碎后的意识啊! 没用的。而他们则不一样,他们只要人,一个活体而已。"

杜遥说:"即使是意识碎片,也是意识,对不对? 如果方小芸逃脱了,或者人间蒸发了,我们连一点点碎片也没有了呀!"

苏汀不说话,她忽然感到现实有时是具有说服力的。

见苏汀略有松动,杜遥尝试着说:"苏汀,我可能做了一件让你很反感的事,但是,我觉得很值。"

苏汀马上看着杜遥,目光是敏感的,继而她问:"你做了什么?"

杜遥看了看苏汀,终于下了决心,他说:"刚才,我去了刑警队。"

苏汀的脸一下子就红了,她说:"你把我们的情报全出卖了。然后,请警犬出场。再然后把我们差点丢了性命才获得的果实拱手相让。"

杜遥挥了挥手,不知说什么好。

苏汀把脸转到了一边。

杜遥看到,两行晶莹剔透的东西在苏汀的脸颊上滚动。

杜遥的心隐隐作痛,头深深地低着。来时,他准备了许多能说服对方的理由,也有信心说服苏汀,但是,现在他发现,他的那些理由在苏汀的眼泪面前完全被粉碎了。

屋内无比压抑。厨房里有一个地方漏水,那声音具有穿透一切的力道,听着让人的肌肉紧紧地收缩着。

过了一会,苏汀抬起泪眼,她轻轻地长叹了一声,然后说:"我知道,在这件事上,我一定是个孤独者。"

苏汀的这句话让杜遥无比伤心,一种委屈令他周身寒彻。他感觉到自己的眼泪似乎正在路上奔跑,他忍了一下,硬是把它们拦在了半道上。

这时,他听到苏汀说:"杜遥,感谢你这些天这么帮我,非常感谢!现在,我决定放弃这个课题了,你也完成了你的任务,以后,我们不需要再讨论这个话题了。我也累了,想去一次海南,好好调整一下自己,再见。"说着,她把一个蓝色抱枕紧紧地抱在怀中。

苏汀的话虽然轻描淡写,却像是一把火,一下子就把屋里的空气都燃烧完了。

彼此都难受起来,干干地煎熬了一会,杜遥站了起来,他说:"好吧。再见。"说着,无精打采地走了出去。杜遥向门外走时,整个人好像一下子就小了一圈。

29

　　杜遥的淡然离开,让苏汀非常伤心。她觉得,杜遥应该能容忍她的唠叨、不满、责怪和任性的。如果他再坚持一下,再陪她多坐一会,她极有可能会改变自己的立场。

　　陈墨死后,作为一个最了解陈墨的人来说(她是这样认为的),她和众人的看法,包括警方的看法不同的是,她认为陈墨是自杀的。但是,对她的这种判断形成的干扰也是很多很强大的。那就是那些可以称为"言之凿凿"的杀人证据。

　　这些日子,她竭尽所能就是要排除这些所谓他杀的证据,只有这样,才可以证明她观点的正确性。但是,在走访中,迷局越来越多,自己也越来越迷惘,甚至常常出现动摇。在这种情况下,方小芸无疑就成了她的一把钥匙。她相信,只要找到这个人,许多问题就可能迎刃而解。或可证明是他杀,或可证明是自杀。

　　那么,自己又何必纠结于什么"自然心态"的研究呢?

　　这些想法像一颗流星,在她说出那些负气的话时就突然闪现过,也被她捕捉到了。此时,杜遥如果能像以前追求自己那样,脸皮厚些,再耐心些,她很可能就会开心地接受杜遥的观点。然后和杜遥坐下来,就这个问题谈笑风生,广开言路,找出一个又一个解决问题的办法,直到将方小芸追回玄武,追到事件的断崖处。

　　现在一切都迟了,她感觉自己开口就把话说绝了,再去往回说,对于她来说太难了。

　　整整一天,她哪儿都没去,她在等杜遥的电话,但是,她的手机一直

静默着。由此,她才突然发现,在这个城市,除了杜遥,她的时空原来是
这么逼仄和荒芜。

30

每个人的骨子里都有一个最为优异的部分,据说这源自上帝的平均
主义原则。

孤独的苏汀决定去坚持自己,去做自己的事。

上午 10 点,她按响了陈墨家的门铃。

来开门的是陈母,她嘴里叼着烟,见是苏汀,把烟拿下来,一边弹着
烟灰,一边说:"来来来。"

接着迎出来的是陈父,手里拿着一只收音机,里面有人在讲析《圣
经》,声音细腻而亲切。见是苏汀,他满脸微笑,将收音机悄悄地关了。
他在关收音机时,动作很轻,生怕扭痛了里面的那个讲师一样。

苏汀是为了方小芸来的。

她觉得,这个方小芸,在陈墨的生活中绝对不是普通角色,一定深刻
影响过陈墨的生命,在陈家一定会有诸多话题。而在这些话题里,她必
然能找到许多富有价值的信息。

因为都熟悉了,苏汀刚坐下,陈母就说起了欧阳心。她一再声称,欧
阳心自杀前,绝对没有来过陈家,绝对没有和陈家任何人发生过争吵
……诸如此类说了很多,好像苏汀这次来是为了追查欧阳心为什么自杀
的一样。所以,当苏汀突然把方小芸提了出来,陈母一愣,但是,她很快
就笑了笑,又是摇头,又是咂嘴,摆出一副不屑一顾的样子。"这丫头可
不是一盏省油的灯!"陈母撇了撇嘴,把右腿往怀里一抱,由此开始了对
方小芸的评价。

"和我家陈墨是一个单位的,因为一次什么企业文化活动认识了我家陈墨,从那以后就黏上了,糖糕一样,撕都撕不开。陈墨回来跟我讲过这个事,说看不上她,但是,这丫头盯得人生疼,又甩不掉,心里烦。我也是好心,说带回家看看吧!我一看,老天,好丑。老家是镇江西边一个小镇子上的,小街边上的破落户,困难得很,老妈妈常年生大病,花钱跟喝水一样。说实在的,知道这女孩家庭情况,我也不想让陈墨谈。不行,我这个人呀,刀子嘴豆腐心,听说丫头家困难,又见丫头对陈墨真心实意地好,一谈到陈墨哟,噼啪地落泪,我就说,孬好是个心疼人的人,处处吧、处处吧。"

苏汀问:"这个时候欧阳心到玄武了吗?"

陈母说:"嚇!就这个事,外面人嚼舌头呢!说什么,是我们家攀高枝,见欧阳心有用,就把方小芸撵走了。哎!就我刚才说的,你看方小芸是一个能撵走的人吗?我们家陈墨逮一只蚂蚁都能当老舅喊,能做那绝情的事?欧阳心回来前,方小芸就抛弃我家陈墨了。走的时候,还开了那么多条件,这才头都不回地走了。"

苏汀问:"什么原因呢?"

陈母说:"什么原因?架子越来越大了,画皮小了,是妖是魔都露出来了。懒、馋、贪、小气、心眼子多、爱攀比。说陈墨苦钱不多,说陈墨太老实没人缘。平时,大街上凡是看上的,回来就找陈墨要,不给就吵架。再往后,干脆不理陈墨了。那一阵子,有人说,这丫头在外有人了,我不相信,久而久之,你不得不信了,怎么回事,她不沾陈墨边了。你说这种女孩可有品德,可有良心?她母亲病重期间,多次张嘴问陈墨要钱,我说给,救人要紧。住院无钱结账,医院准备连人带床推到大街上去,告急到我们家,我二话没说,不就两万多块钱嘛,给!我们可是仁至义尽了啊！还是焐不暖她的心，头年年底有的传言，春天就攀上了高枝，扑棱棱地飞走了。"

苏汀："在这件事上，陈墨是什么态度？"

陈母说："恼死了，怪我好长一段时间，说是我乱撑船。还有，这丫头手脚不干净，我有一枚戒指，陈墨外婆传的，放在床头柜里，跟我几十年了，这丫头一来，找不到了……"

这句话刚好被从外面走进来的陈父听到了，他说："不要这样说人家嘛。"

陈母眼一瞪说："我一提这事，你就烦躁。那就是你拿的，你可承认？"

陈父说："不是我拿的，但你也不能乱说。"

陈母说："好，我乱说。你赶紧到后面跪上帝去吧！我喜欢听你说，你是有罪的。"

陈父显然不想和陈母争吵，坐在一边，轻轻擦拭着桌腿，不厌其烦地擦。其实，那桌腿已经很亮了。

这时，苏汀又问："阿姨，问一个让你很为难的话题，警方一直认为陈墨是他杀，你觉得这个方小芸会涉案吗？"

"涉案是什么意思？"陈母问，但是，马上又表示理解了，说，"那有什么不可能？"

陈父立刻说："你不要乱说好不好？"

陈母马上说："那好，下次警察再来，我就说儿子是你杀的。你可同意？你只要认了，我就不怀疑任何人了。"

陈父很无奈地摇着头。

苏汀不想陷入这种无聊的争斗中，同时，陈母对方小芸的评价和描述也使她很失望,于是她问:"叔叔,陈墨生前有写日记的习惯吗?"

陈父说:"没见过,平时,都是一进家就钻进自己房间,我也不知道他在干什么。"

"我可以再看看陈墨的房间吗?"苏汀请求。

陈父看了陈母一眼。陈母说:"行,那怎么不行?"

听陈母这么说,陈父就带头上楼了。

还是和上次一样,门打开后,陈父没有进去,只是一只脚门里,另一只脚门外地站着,由着苏汀在屋里转。

转了一圈,苏汀发现,这里的一切几乎没动。这时,苏汀忽然发现,床头的一个暗盒里放着一本书,走近了才看清,是一本袖珍版的《圣经》。

当苏汀向那暗盒走过去时,她感觉陈父的目光移动了过来。

也许是这个原因,拿起那本《圣经》时,苏汀显得非常小心,犹如捧着一只珍贵的瓷器。

翻开《圣经》的第二页,苏汀一眼便看到了这样一句话。看来这句话对这本书的主人很重要,下面被加上了一道重重的下划线。

耶和华神说,那人独居不好,我要为他造一个配偶帮助他。

"陈墨的房间一直是这样的吗?"苏汀问。

"是的。"

"这本《圣经》上次就在这个位置吗?"

"一直在那。"

"这本《圣经》是陈墨的? 陈墨他……"

"是我的,"陈父说,"陈墨要过去看的。感谢主! 我很高兴,我一直希望他能尽早接受神的祝福。"

"这句话是什么意思呢?"苏汀问。

陈父脸上露出了一副宽慰的笑,他说:"感谢主! 耶和华神造人时,先有男人,后有女人,女人是神从男人身上取下的一根肋骨造出来的。"

"哦!"苏汀觉得这些话在哪里听过,她忙打开了自己的手机。

在手机的备忘录里,保存着许多苏汀和陈墨的对话,都是陈墨死后,苏汀整理出来的,这会,她只是翻了几页,便找到了其中的一段话:

> 我站在高高的山顶,挥舞着大旗,只看见那些骨头纷纷向南,纷纷向北,只因为有本王的统一号令。(10 月 2 日)

看完这一段,苏汀浑身一震,接着,整个人愣在那。其间,陈父看了她好几眼,她也没有感觉,倒是陈母又在下面打狗了,那狗惨叫一声,才把苏汀从沉思中拉回来。

31

回到家后,不知为什么,苏汀特别想哭,终于控制不住,就哭了。

一直哭到日落西山。

此时,城市的轮廓从地平线上纷纷升起,天空立刻被撕裂成各种图形,然后一片一片混淆在日渐模糊的光影里。

下午 5 点左右,苏汀出门了。她决定去镜湖公园,她想去看看那个吞噬力如此巨大的湖,看看那个亭子,看看那些鸟巢。她觉得那片湖水里有太多的秘密,那些灵魂一定还没有走远,等着她去对话和问询,帮她一起揭露事件的真相。

她觉得先走一步的陈墨一定会在站台接到欧阳心,然后促膝谈心,各自流露出本真,羞于当初的自私、狭隘、算计和精神残暴,在自由的旋涡里,互相携手,向另一个国度幸福地漂流。

那样该有多好!

于是,陈墨放下所有的包袱,会积极地站出来,将 12 月 1 日晚上的事说个痛快,准确指认那个失约的女孩。同时,放声描述那个在亭子里和自己对话的人。一口气说完后大呼:快哉! 快哉!

这样,苏汀在她的学术报告里就会对这个事件有一个最为详尽的描述以及最为准确的判断,那些在暖色壹号苦苦纠结的男男女女,个个都生出翅膀来,欢快地飞出阴霾密布的心灵。

还有那个影子,几年来,那个每次相遇和出现都会让她感到温暖,感到一丝丝蜜意的影子,也会彻底现形,露出华丽的面容。

哦! 你到底是谁啊?!

我的灵魂一直跟你站在一边,我的肉体也被你吸引太久,我们难道不该做一次了结吗?

果然,待苏汀走进公园时,公园里静悄悄的,湖面也很平静。昨天好像刮了大风,湖面上很乱,一眼看去,湖水像个老人,在淡淡的雾气中蹒跚,微微晃动。

这个时候,天空是暗淡的,空中偶尔会传来翅膀震动的声音,那是一些鸟在树梢间互相串门。

走过一座石桥,苏汀抬头一看,公园西南角有一座隆起的山坡。这引起了苏汀的好奇,因为,这些年她可没少来湖边散步,但是,从来就没注意还有这样一个山坡。她想了想,这是初春,草木剥落,先前草木茂盛时,这个山坡可能都被挡上了。

小山坡是人造的,有十几米高,苏汀走上去时,视野一下子就展开了,整个湖面尽收眼底,远处,灯火如织,城市的影子朦朦胧胧的,略有醉意。

这时,当视线越过湖面上的雾气,苏汀发现在湖对岸有个什么东西正在发光,由于较远,光线很微弱。

苏汀眯着眼观察了一会,才辨认出来。那个方位有一座天主教堂,教堂哥特式建筑的主体大部分都被树林遮挡了,但矗立在顶端的十字架却十分显眼,那发光的物件正是十字架。

苏汀忽然想起了挂在陈墨家客厅墙壁上的那个黑色十字架,心情不由得一沉。

再往一边看,又有一群建筑出现在苏汀的视线里。苏汀辨别了一下认出那是弄墨茶吧。此时,茶楼还在营业,灯影人影恍惚不停。

哦!苏汀感叹,原来站在这座小山坡上就可以望见那座茶楼。

苏汀的心里忽然一动:位置是相对的,若在弄墨茶吧里凭窗而立,镜湖公园里发生的一切岂不是也可以一览无余?

她的脸涨红了:陈墨和欧阳心的命案发生时,会不会有人正站在弄墨茶吧的窗边,此人眼力好,好奇心强,又或是有心人,这一看,正看到了陈墨,也看到了欧阳心?

苏汀的心脏怦怦直跳,她决定现在就去茶楼。

就在这时,她听到了一阵声响,那声响是脚踏枯叶的声音。开始苏汀没有注意,因为声音比较微弱,她认为是湖里的小动物,但是,那声音忽然变大了,而且就停在附近,这引起了她的注意。

苏汀转过脸来,她发现不远处站着一个人。

鸭舌帽,墨镜,上身穿皮夹克,下身穿牛仔裤、马靴,戴黑色口罩,手里拿着一根通体疙瘩的棍子。不用说,这个人就是那天晚上在巷子深处偷袭自己的那个家伙。

一时间,苏汀感到自己身上的所有空隙都被恐惧充满了,她下意识地后退了几步,尽管脚下尚算平稳,她的身体还是踉跄了一下。

这时,鸭舌帽一边把帽子、墨镜、口罩一一往下摘,一边念叨:"鸭舌帽、墨镜、口罩、头套……"

苏汀看到,面前的这个家伙最后将头套扯下来后,露出了一头秀发。

苏汀傻了。

这个人正是方小芸。

见苏汀如临大敌的样子,方小芸笑了,她说:"怎么样,脑海中一片空白吧?肩膀还疼吗?那天晚上,我觉得我准确地砸在了你的肩头。听着,我说准确地砸在了你的肩头,而不是——准确地砸中了你的脑袋,砰!那就不一样了。因为,我特别期待有这么一天,四目相对,一个早有预谋,而另一个大惊失色。"

看上去,方小芸虽然比苏汀壮实,但是,个子没有苏汀高,或许是因为这点,苏汀的恐惧感一下子减少了很多。她问:"你不是回老家了吗?"她感到自己的嘴里非常干。

方小芸说:"是啊!我想你一定会这么问的,因为,你舍不得我,而我呢——也舍不得你。"

"你想怎么样?"苏汀问。

方小芸说:"你想怎么样?你可是咄咄逼人啊!还有,没完没了。"

苏汀怔怔地看着方小芸,她看到方小芸已经把刚才放在脚下的那根棍子拿在了手中。

这时,方小芸把棍子突然向土堆下扔去,然后说:"你可能高估了我,我没有杀人的勇气。"

棍子重重地落在土坡下的一汪水中，发出了一声沉闷的响声。

方小芸像要投降似的举了一下手，示意自己手中空空如也，然后说："现在，我们可以坐下来谈谈了吧？你不屈不挠地寻找我，到底是为了什么？"

苏汀说："很复杂，总体来说是好奇心吧。"

方小芸冷笑了一声："呵呵，这么有雅兴？翻了一下资料，说心理咨询师就是一个心灵偷窃者。好呀！那就满足你的好奇心。是不是想知道那份匿名信是怎么回事？想不想知道是谁打了欧阳心的匿名电话？"

"还有，每到深夜 12 点，只能听见沉重呼吸声的电话？"苏汀说，明显是在为方小芸补充。

方小芸说："是的，非常重要的一项。还有，是不是想知道我为什么看上了那个窝囊废，后来为什么又离开了他？"

苏汀说："其实，我最想知道的是，12 月 1 号晚上，在伊人谷，陈墨等的那个人到底是谁？还有，陈墨出事的前一个小时，在前面的那个亭子里，到底是谁在和陈墨说话？"

"对呀对呀！"方小芸说，"我都知道，都知道，怎么样，算不算一次盛宴？"

尽管方小芸说这些话时，眼睛里充满了阴鸷，苏汀还是一阵激动，心也激烈地跳动了起来。"小芸，"她突然用一种可以融化一切的语气说，"我是一个心理咨询师。我的工作属于技术范畴。在这件事上，我对陈墨是内疚的，是有负罪感的，如果他真是自杀的话。因为，他既是我的朋友，也是我的病人，我失职了。我今天所做的一切，都是想证明我最初的观点——陈墨是自杀的，而非他杀。然后认真查找一下我在治疗过程中所犯的错误，知道我失败的原因。因为，我太喜欢这份职业，我不想因此丧失所有的努力,从而丧失再走下去的勇气。所以,在更多的意义层面,我对这个事件所涉及的道德范畴不感兴趣,对于到底谁该被绳之以法也不感兴趣,我这样说,不知你能不能感受到我的善意? 也就是说在我面前,你是善良的。"

"是的。"方小芸说,"就治病和救命而言,你的确是个失败者。呵呵,我也是。那么,接下来,我们该从哪里谈起呢?"说着,方小芸在一块石头上坐了下来,然后从裤子口袋里掏出一包烟来。

苏汀不抽烟,但是,她认识那烟,特别廉价,一包好像只要五元钱。

方小芸从烟盒子里捏出一根烟来,熟练地点上火,抽了两口,默默地看着远方。

远方,弄墨茶吧已经上客,灯火全开,湖面上一片通红的褶皱。

这时,方小芸轻轻弹了弹烟灰,说:"那就先说说一个堕落的女孩吧。"说到这,她忽然转向苏汀,笑了笑问:"你觉得我还像一个女孩吗?"

苏汀说:"你很漂亮,略微朴素了些。"

方小芸向苏汀竖了一下大拇指,然后像男人似的将大半个尚未抽完的烟弹飞,说:"你去陈家时,那个寡廉鲜耻的老女人怎么逗你的? 她肯定会把她的说词再说一遍的:是我追了陈墨,又是我甩了陈墨。我×,她家的那个陈墨简直就是一个谁都可以欺负,可以转卖,可以随便抛弃的'怨妇'。你相信吗? 你相信了吧?"

苏汀悄悄地充满警惕地坐在方小芸的对面,说:"每天我们都会听到不同的声音。关键是你能不能等待,因为真话只有一句,不需要那么长的时间。"

方小芸点了点头说:"你能。"

接下来,方小芸就从她和陈墨的恋爱入手,开始了她的讲述。

32

这年春天,玄武的花开得早,谢得也早。不到 4 月,城外的山里已经很难看到一树繁花的景象了。但是,天马集团的六个团支部的团员们却开心得不行。七八十口人,一下大巴,就像一群刚从笼子里飞出的鸟,欢快地扑进了深山。

在古溪口,方小芸和几个女同事一边唱着歌,一边沿着溪边走,这时,她们忽然看到了陈墨。此时,陈墨孤零零地坐在树下的一块石头上,默默地看着远方。看上去,他显得很虚弱,眼睛近视得也不轻,向前看时,眯着眼,怀里抱着一件呢子外套。

看见方小芸等人走过来,他腼腆地笑了笑,又挥了挥手,还没等女孩子们跟他打招呼,就把脸转到了一边。

几个女孩也不介意,很快就从他身边走过去了。这时,已经走出去十几米的方小芸却跑了回来。她怀里抱着几束野花,跑到陈墨跟前,她抽出一束花往陈墨的怀里一放说:"帅哥,太孤独啦,让它陪你吧。"说完,就跑回了自己的队伍。方小芸往回跑时,那几个女孩子已经站在那等她了,等方小芸跑回来时,她们说:"干吗让花陪他,你留下吧。"

一阵欢快的嬉闹声被溪水带走了。

一直玩到下午 5 点半,所有的人才分乘两辆大巴返回玄武。

一路上,方小芸不时地盯着前面的那辆尾号为 259 的大巴看,因为陈墨就坐在那辆大巴上。她开始埋怨团委不该把机关工作人员分到两辆车上去。否则,陈墨就会坐到这辆车上,说不定还能和自己坐在一起。

晚上,方小芸失眠了。

陈墨孤独地坐在树下的情景,陈墨脸上的那种忧郁,眼睛里的那种莫名的不安和迷惘,都让她非常心疼。

　　那束花是方小芸在悬崖边采到的,在满山鲜花凋零的时候,这束花就显得特别珍贵。方小芸认为陈墨一定能记住这束花,一定能产生无限的联想(尽管送花的那个时候她一点想法都没有)。

　　可是,一连两个礼拜,陈墨并没有找上门来,苦恼之中,方小芸反省了一下这个事情,忽然有了感悟,她觉得在这件事上,陈墨一定是自卑的,因为,方小芸本人在人力资源部,属于集团的核心机关,而陈墨在销售部,只是一个小小的销售员,说好听些,可以称为集团买办经理。陈墨或许因此而畏怯了。为此,方小芸向陈墨主动展开了攻势。

　　那天,当她看到陈墨去苏州参加博览会后,便打了陈墨的手机。

　　在电话里,方小芸告诉陈墨,人力资源部最近可能要对在岗员工进行一次个人信息登记和复查。

　　在复查过程中发现,陈墨的表格中存在许多不规范的问题,需要逐一核对。

　　陈墨问是什么问题,是否可以通过手机办理。

　　方小芸说不可以,这个事需要严谨一些,必须当面谈。

　　于是他们约定,等陈墨出差回来后当面谈。

　　5月16日下午5点30分,陈墨搭乘的D743次动车停靠玄武站,在出站的时候,陈墨看到了方小芸。

　　验票出了闸机口,陈墨问:"你也来接人?"

　　方小芸说:"嗯!"

　　陈墨向身后看了看,问:"你接谁?"

　　方小芸笑了一下,伸手接下了陈墨手中的箱子。

　　晚上,两人浪漫了一下,在玄武最高档的咖啡厅——百事咖啡厅,要了一个靠里的卡座,然后围着蜡烛,细细地谈了很久。

让方小芸惊讶的是,陈墨特别健谈,而且文辞优美,思考成熟。许多观点,方小芸听都没听过。尽管也是大学生,但是,方小芸突然觉得自己是个冒牌货。

方小芸从心里一下子就喜欢上了这个男孩。

这个头开得非常好。接下来,他们有来有往,每月至少要见面三次以上。

恋爱是快乐的,但也是敏感的。

在和陈墨交往的过程中,方小芸发现,陈墨的情绪特别难以把握,往往是自己最为开心的时候,陈墨突然就沉默了,而最让方小芸纳闷的是,每当她想把两人的关系明确地向恋爱方面标定时,陈墨总是以各种理由加以支吾和搪塞。

这是一种无穷无尽的烦恼,想把两个人的事牢牢密封的方小芸,在实在无法排解的情况下,约上了自己的一个女同事,希望在她身上一吐为快,寻找解药。

同事感动于方小芸的信任,说出了一件事情,这个事情让方小芸非常震惊,那就是陈墨是有女友的,而且正在热恋。目前,女友在英国读书,很快就要回国。

听到这个消息,方小芸当时就哭了。

冷静以后,她问同事:"我可以争取一下吗？我是爱他的。"

同事可不看好这个事,有点残酷地说:"你还是绕开走吧。第一,陈墨的这个女友太强。第二,也是最为关键的,陈墨的心里根本就没有你。也就是说,你在陈墨的心里只是一个可以随时约来解闷的红颜知己而已。你回想一下就能体会到,如果他真的爱你,一定会想方设法向你表达的,一定是欢天喜地的,就像你说的,他整天都不开心啊！你所有的付出他都无动于衷,你所有的眼神他都看不懂,你完全是和一个白痴在一起。"

一席话就如同搬掉了一座山,方小芸的眼前一下子就明亮了起来,接着,又很快湮灭在一片绝望之中。

她消失了。

但是,仅仅两个礼拜,两个憔悴的人又坐在了一起。

这一次是陈墨约的方小芸,他为了寻找方小芸已经几夜没有合眼,谈到那个在国外的女友的事,方小芸流泪了,陈墨说:"是的,我心里的确还有她,那份感情一直还控制着我,暂时,我无法逃脱……"

方小芸的泪水显得非常黏稠,它们挂在她的下巴上,她问:"你爱我吗？你觉得我的感情控制到你了吗？"

陈墨苦苦地说:"我找你几天几夜啊！"

这句话就算是回答了方小芸,方小芸不顾一切地扑进了陈墨的怀抱,然后放声痛哭起来。

深情的拥抱和放声痛哭并没有完全锁定方小芸心中的爱情。不久,方小芸就痛心地发现,陈墨又故态复萌了。在方小芸期待他为他们的爱定型和把舵时,陈墨又逃脱了,不是神秘地失踪,就是心不在焉。

到了这年的 10 月份,方小芸终于忍无可忍了,她不想再为这种充满氢气的爱情付出了。

陈墨又失踪了。

就在这个时候,一个重要人物出现了。这就是陈墨的母亲袁弘。

那天,方小芸刚从办公室走出来,就看见一个中年女人背着手,在走廊里瞎转。见到方小芸,马上满脸带笑地迎了上去。"是小芸吧?"女人开口就说。

中年女人的一声"小芸",让方小芸感到又亲切又意外,靠上去一打听,才知道是陈墨的母亲。

无论和陈墨之间发生了什么,但是在老人家面前,基本礼节还是要有的。为此,方小芸也很客气地跟陈母打了招呼。

陈母向四处看了看,微笑着说:"孩子,你看哪里安静,我们娘俩说几句话哩。"

方小芸答应了,和部长交涉了一下,借到了隔壁一个小会议室。

坐下后,陈母反复打量着方小芸,满眼都是欢喜。

而陈母的这种眼神让方小芸备感温暖和感动,她问:"阿姨有什么事吗?"

陈母说:"我是来接你回家的。"

听陈母这么说,方小芸的眼泪一下子就流了出来。

陈母反客为主,递了一张纸巾给方小芸,然后轻轻地拍了一下方小芸的肩膀说:"孩子,你受委屈了,也误会了。"

接着,陈母为陈墨做了这样一种解释。

陈墨一直爱着方小芸,但是,远在英国的欧阳心却始终不愿放手。这使陈墨非常烦恼。陈墨的想法是善良的,他想等自己彻底了断了和欧阳心的关系,再和方小芸相处,否则,他感觉到对不起方小芸。所以,在和方小芸的交往中,才出现了若即若离的情况。

"现在好了!"陈母说,"有确切消息,欧阳心在国外和她的导师滚到一张床上去了,陈墨一下子就放开了。"

"为什么他自己不来说?"方小芸还是很委屈地问。

陈母笑了笑说:"傻孩子,你们相处了这么长时间,还不知道陈墨的那点出息,他是爱在心头说不出口。"

方小芸破涕为笑了。

当晚,方小芸在陈墨家吃了晚饭,并住了下来。

33

"最后你还是离开了陈墨。"苏汀说。

"是啊!"方小芸说,"因为欧阳心回来了。"

"你就那么主动地退出了吗?"

"非常主动。"

"什么意思?"

"因为让我离开是陈家的战略,我主动离开也是我的战略。"

34

这是欧阳心成为天马集团人力资源部部长的第八个月。

下午下班后,欧阳心留住了方小芸。

方小芸不卑不亢地问:"你是以人力资源部部长的身份跟我谈话呢,还是以陈墨前女友的身份跟我谈话呢?"

欧阳心说:"不,是现女友。"

方小芸说:"就是卖青菜萝卜,也有个先来后到的吧?"

欧阳心嘴角带着嘲讽说:"难道这一点你不比我清楚吗?"

"OK!"方小芸说,"我投降。你说你是有条件的,我很想听听。"

欧阳心说:"在这件事上没有任何条件可言。别人看不出来,我看得很清楚,即使我不回来,你也不可能再和陈墨在一起了。尽管如此,我仍然不会把事情做到绝情的地步。这样,集团的工种和机关的部门,你可能比我还清楚,你挑吧。"

方小芸说:"也就是说,我必须离开人力资源部。"

欧阳心说:"我倒是想盛情邀请你啊!"

泪水在方小芸的眼睛里打转,她说:"好吧。我要去销售科。"

欧阳心看了方小芸一眼,没有吭声。

方小芸说:"你是知道我家庭情况的,我需要一个既体面收入又高的部门。"

欧阳心耷拉着眼皮,像烧烤似的将自己的那双纤细而洁白的手慢慢地翻转着,欣赏着,半天才说:"你要知道,销售部是一个黄金部门,许多人都想往里钻。即使把你安排在那里,也需要一个过渡。"

方小芸冷笑一声说:"你打算怎么过渡我,去车间当锻工?"

欧阳心叹了一口气说:"你自卑了,我也不忍心。这样吧,先去制图车间,过渡一段时间,我会把你调过来的。"

可是,三个月过去了,方小芸没有等来调到销售科的通知,而是得到了陈墨和欧阳心订婚的消息。

这个消息是陈母亲自跟方小芸说的,因为,方小芸的许多东西还在陈家,方小芸每天还给陈墨打电话。

陈母说:"方小芸,你要学会成人之美,自己不喜欢的东西,何必连别人都不许喜欢呢?"

方小芸说:"我从来就没说过不喜欢。"

陈母哭丧着脸说:"这件事也怪我,我怎么知道这个该死的东西是为了讨我欢心才答应和你谈的呢!这期间,他一直瞒着我和欧阳心联系。欧阳心为了陈墨也付出了重大代价,本来是在英国留校的,结果,听外人说,你开始纠缠陈墨,她立刻辞了工作就跑了回来。那是什么代价,一年要损失上百万哪,还是英镑。"

方小芸的心冰凉冰凉的,她说:"我难道没有损失吗?"说着,她意味深长地看了看床上的那只长枕头,那是陈母留下方小芸后,为方小芸和陈墨做的。

陈母懂了,说:"人心都是肉做的,我知道。这样吧,你母亲不还在医院动手术吗? 你说多少钱,一万,两万,还是四万,我们给。"

方小芸回家后,把医院的一张三万三的住院结账单寄了过来,这张结账单直到方小芸母亲去世也没结清。而此时,方小芸已经彻底从陈家搬了出来。

35

"这么说,你被骗了?"苏汀问。

方小芸点上一支烟,淡淡地说:"是啊! 团伙作案,十分可耻。陈墨在销售科混得非常差,没有业绩,眼见着就要被淘汰了,那个老女人自然要攀附欧阳心。欧阳心告诉她的朋友,陈墨属不属于她,就看她高兴不高兴。那是她的私有财产,没有人可以碰。陈墨习惯于被女人玩来玩去,他骨子里就有一种粉红色元素,叫懦弱和低贱,又叫缺少道义和良知。其实我也是个大骗子,呵呵呵……"

苏汀问:"你刚才说了,你主动离开是一种战略,我特别想知道发生了什么?"

方小芸轻轻地啐了一口,说:"其实,陈墨妈和欧阳心找我之前,或者说欧阳心没有回来之前,我就想和陈墨分手了。"

"为什么? 懦弱? 对你的注意力不够集中? 还是……"

方小芸说:"你永远都不会知道陈墨的母亲多么市侩,你也不知道她对儿子的管教多变态。我有一次骂陈墨,你撒尿都是按照你妈计划好的来。这些,我都能忍,我不能忍的是,她越来越看不起我的家庭,更不能忍的是,她竟然怀疑我偷了她的戒指。你觉得我能偷她的戒指吗?"

苏汀说:"可能是误会吧。"

方小芸笑了笑,然后从裤子口袋里慢慢地拿出一枚戒指来。

苏汀感到非常吃惊。

方小芸咬着牙说:"妈的,说老子偷了她的戒指,可把老子冤枉死了。我方小芸也是书香门第,人穷志不短,她把戒指落在了床缝里,不怀疑她儿子,不怀疑她老公,不怀疑多次到陈墨屋里借书的侄女,就怀疑我。那天,我带着一口恶气,竟然把它找到了。你觉得我该给她吗? 即使我有这个好心,你觉得这个老女人会不怀疑我吗? 那么……"说到这,方小芸站起来,奋力将戒指抛了出去。

那戒指在空中飞了一会,就落在了山坡下的一个不知道什么地方。

方小芸见戒指丢下去了,她拍了拍手说:"再说这个陈墨。对了,你先前向我提了一个要求是不是?"

苏汀极力地想着。

方小芸说:"你不是想知道 12 月 1 号晚上的事吗?"

苏汀兴奋起来,说:"是的,我想知道 12 月 1 号晚上,陈墨在伊人谷到底等谁?"

"还有,"方小芸说,"陈墨临死前,在前面那个亭子里到底和谁说话。"

苏汀兴奋得浑身起了一层鸡皮疙瘩,她连连点头。

方小芸说:"没问题。那么就从我如何也是个大骗子说起。当我住到了陈家,一切都好像顺理成章的时候,我发现陈墨根本就不爱我。因

为,他对我身体根本就不感兴趣。不久,我发现了一个秘密,他经常背着
我,偷偷地和谁说话,接连几次,我偷了他的身份证,去打了话单,我惊讶
地发现,在我知道的那几个时间段,他的手机根本就没有通话记录。"

由于兴奋,苏汀的脸涨得通红,"也就是说……"她喃喃地说。

"也就是说,他在自言自语。"

"都说了些什么?"

方小芸打开了自己的手机,然后按下了播放键:

【录音】

陈墨:

不! 我不能答应你,你必须回来。

……你是我的,在这份爱里,自私是我对你最大的尊重。

……不行,一切得按照我的来。

……是的,你是我创造的,你得和我形影不离。

……你不能让我失望,听到了没有,你看着我的眼睛说话。

……就这样,做我的爱人就必须付出爱的代价。必须的。

放罢录音,方小芸笑了笑说:"感觉如何,初听会让你醋意大发,这
显然就是和他的情人在说话嘛。后来,我才发现,他一直在跟自己这么
说。你觉得好笑吗? 不,我觉得浑身冰凉,真吓到我了。还有更离
奇的。"

苏汀好像还沉浸在录音里,听方小芸这么说,忙睁大了眼睛。

方小芸说:"因为他常常背着我打电话,而且打完电话就走,我跟踪
过他几次。真是天才的表演艺术家,到了一家茶吧,他会美美地点上两

份餐,再点一朵玫瑰,然后满面笑容地坐下来,面对空空如也的对面,或者嘀嘀咕咕、窃窃私语,或者谈笑风生、开怀大笑。"

苏汀感到自己的心脏狂跳个不停,她问:"也就是说,电话里的人是陈墨的假想女友,坐在对面的也是陈墨的假想情人。"

方小芸笑了笑说:"是的。几次跟踪下来,我得出一个判断,这是个精神病人。于是,我决定离开他,但是,在他们面前我不动声色,我在等。很快,我就等来了欧阳心和陈母。她们希望我痛快地接受她们的要求,而我一定要把离开陈墨当成一个交换条件。这一对骗子只以为是她们在驱赶我,其实,是我在玩弄她们。当然,最后我还是输家,我什么都没能得到。"

此时,苏汀忽然感到自己有了耳鸣,她强制性控制了一下自己,然后问:"还有,那天晚上在雨花亭里和陈墨说话的人……"

方小芸说:"其实你已经知道了。"

苏汀说:"但是,你说你也知道啊!"

"不!"方小芸说,"我是看到了,喏!"说着,方小芸向弄墨茶吧的方向动了动下巴,然后说:"在弄墨茶吧,我负责二楼几个包厢的服务。那天,站在窗口,我看见了陈墨,他正在那自言自语,然后一切都顺理成章了,他自己举起了一把刀子,就像这样……"

说着,方小芸突然从身上掏出一把刀子来,然后扑向苏汀。苏汀冷不防,一下子被方小芸顶在石头上。情急之下,苏汀一下子抓住了方小芸的手腕,那把刀子就在苏汀的脸上晃来晃去的。苏汀感到,方小芸的手腕上一点劲都没有。"你要干什么?"苏汀说,"快放下刀子。"

方小芸一点松手的意思都没有,她气喘吁吁地说:"他就用刀,对准自己的肋部狠狠地划着,像疯了一样。最后……最后他可能是……是嫌痛了,把刀子一下子……扔进了湖里,然后捂着身子,歪歪倒倒地向湖水中走去……"

苏汀猛地将方小芸推开,可是,方小芸又冲了上来,再次刺向苏汀。这一次,刀锋挨着苏汀的喉咙过去了,苏汀的纱巾立刻被割断了。苏汀吓了一跳,一下子抱住了方小芸,同时紧紧控制着她的一只胳膊,使她那只拿刀的手无法转动。

苏汀问:"你不是说不杀人的吗?"

方小芸说:"我改变主意了。"

苏汀:"这可不是什么好主意。你想想……"

方小芸说:"我一直被他们控制着,不想再被一个人控制了,我……"

就在方小芸准备全力挣脱开苏汀时,苏汀猛地将她推了出去。

只听到"啊"的一声,方小芸向坡下滚去。

苏汀知道方小芸一定还会冲上来,她弯腰捡起方小芸带来的那根棍子,准备决一死战。

就在这时,一个意外的景象发生了。苏汀看到,方小芸先是将刀子扔向远处,然后,跌跌撞撞地向湖中跑去。"不要!"苏汀大声制止,见方小芸根本就不听,她也冲了下去。

苏汀很快就撵上了方小芸,然后从身后紧紧地抱住方小芸的腰。接着,无论方小芸如何挣脱,她就是死死地不放手。

最后,方小芸失去了力气,坐在那里哭了起来。

36

这天晚些时候,苏汀的手机响了。苏汀一看是杜遥打来的,一阵委屈立刻堵塞在喉头,她想立刻摁掉手机,但还是说话了:"这些天,你去哪了?"她的声音是颤抖的。

那边,杜遥的情绪显得非常低落,他说:"我在镇江。"又说,"对不起,我们跑了很多地方,没有帮你找到方小芸。"

一阵暖流涌上心头,苏汀说:"回来吧……她在我这。"

第二天上午,在苏汀的陪同下,方小芸去了刑警队。

从刑警队回来,刚到家门口,苏汀就看到了杜遥,此时,他的怀里抱着一大束花。见苏汀走来,杜遥向前一步,嬉皮笑脸地说:"声明一下,不是求爱,是来祝贺的。"

苏汀瞪了杜遥一眼,把钥匙给了杜遥,自己却从杜遥的手中接过花来。

看来是太喜欢这束花了。进屋后,苏汀把脸埋在花朵里贪婪地嗅着,久久不愿挪步。

这时,杜遥说:"真的很神奇。大英雄,说说你的故事吧。"

苏汀把花放在大花瓶里,把事情的经过说了一遍。

听完苏汀的叙述,杜遥感慨万千。最后,他满腹疑云地说:"现在有一个谜需要合理的解答,陈墨自杀前为什么要疯狂地自残,那是用刀子划开自己的肋骨啊!"

苏汀说:"你去镇江时,我去了一次陈家,在陈墨的房间里,我看到了一本《圣经》,那里有一句话被陈墨画线了,原话是:'耶和华神说,那人独居不好,我要为他造一个配偶帮助他。'后来,我查了一下资料,得到了解释。这句话的意思是,男人为了得到女人的帮助,用自己的肋骨来造女人。后来,我翻阅了陈墨和我的几次谈话记录,上面的一段话,印证了这件事,这段话是:'我站在高高的山顶,挥舞着大旗,只看见那些骨头纷纷向南,纷纷向北,只因为有本王的统一号令'。"

杜遥显得十分茫然,问:"什么乱七八糟的,我还是不懂。陈墨造的女人在哪里? 这与他砍杀自己的肋骨又有什么关系?"

苏汀说:"出乎我意料的是,陈墨原来是一个具有强烈控制欲望的人。他从《圣经》的这句话里得到一个暗示,女人就是男人的一根肋骨,应该被男人所控制。但是,在现实生活中,他却一直被女人所控制,他的母亲、欧阳心、方小芸,还有我。"

"你?!"

"是的,包括我。他认为他每天都想往暖色壹号跑,其实是被我控制了。"

杜遥摊开手说:"我还是不能理解,这与肋骨又有什么关系呢?"

苏汀说:"这里的关系就是三个字,象征化。"

杜遥马上说:"明白了,你打住,让我说。为了挣脱控制,陈墨就创造了一个假想的人,这个人也是我们一直在寻找的人,暂且称之为 X。那么这个 X 就是陈墨的肋骨,确切地说是陈母、欧阳心和方小芸身上优秀的那部分的集合体。后来,陈墨发现,他非但不能控制这个 X,而且这几个女人一个比一个令他绝望,于是,他就决定毁灭她们了。落实在行动上,那就是重伤自己的肋骨。"

苏汀没有说话,而是若有所思地看着窗外。

杜遥高兴地说:"真的为你高兴,收获太大了,快跟导师说吧。"

苏汀慢慢地坐了下来,然后目光空洞地说:"是啊! 现在,我特别想见他。"

说着,杜遥发现,苏汀的额头上布满了汗水。

第四章

$Y = \gamma$?

主要人物

苏汀——女,研究生,心理咨询师。

杨焗——男,56岁,玄武医学院博士生导师。

1

水落石出。

那个X找到了,对于撒巴提、刘当包括杜遥,都不过是一笑了之,再过几天就可以忘了,谁愿意在一个精神病人的幻想世界里遨游呢。

而对于苏汀来说则不一样。

昨天,苏汀在这个问题上清晰了,因为那个困扰了她多年的影子随着陈墨的X被发现和揭示,也越来越清晰了。

一个高大阳光的男孩,穿着风衣,好帅! 眼睛清纯而充满了温情,嘴角带着迷人的微笑……

一种甜蜜真实地充满了苏汀的心头,那时,她特别想流泪,因为,她忽然感到这个男孩曾在哪里见过。

对！一定见过。不是在初中，就是在高中，更像是在一个遥远的时空里。

"但是，我总觉得他存在。他很真实，他应该存在啊！"见到杨焗导师，苏汀就这么说，显得很固执，浑身战栗不止。因为，她非常怕导师会否定她的想法，会摆出一个权威的姿态告诉她："没错，这个男孩就是那个影子，和陈墨心中的那个 X 一样，都是假的，虚拟的。"

因为她清楚地记得，导师曾经这样跟她说："当你找到陈墨的这个 X，这个跟随你多年的影子就清晰了。"

果然，导师说："是的，这个男孩根本就不存在，尽管他一直属于你。"

苏汀不敢相信地看着导师，眼睛睁得大大的，她说："我能准确地描述他啊！描述他身上所有的部位，包括表情。"

"一点也不奇怪啊！因为，他身上所有的部分都来自于你。"

"不不！我恍惚记得他的名字前面有一个 N。"

"你记得很准，NNDC。"

苏汀再次惊讶地看着导师，说："是的，是叫 NNDC，是他。"说到这，苏汀热泪盈眶，"他陪我整整八个年头了，就是他，可是，他怎么会是假的呢？怎么会呢？"苏汀痛苦地不断地摇着头，"我不相信，我一点都不相信。"

见苏汀这么痛苦，导师不再说话，只是站起来，找到水瓶，为苏汀倒了一杯水。整个动作都是那么轻盈。

过了一会，苏汀平静了许多，坐在那发起呆来。

这时，杨焗导师笑着问："苏汀，今天你为什么要找导师啊？"

苏汀身子一震,她看了一下导师,没有回答这个问题。

昨晚,苏汀彻夜未眠,心里空空如也。因为,她从陈墨的那个 X 做出一个判断,跟随自己多年的那个影子可能也是自己造出来的。

为此,她痛苦了一夜。她为自己的这个判断感到空前的孤独。

第二天,她的内心又挣扎起来,因为她动摇了,不能确定自己的判断到底准确不准确,这就是她一早来找导师的原因。

"那么……"这时,苏汀忽然抬起泪眼问,"导师,我叫什么……"

导师微笑着问:"怎么会问这个问题?"

苏汀想了想说:"隐约觉得,我还有一个名字,我感到我现在的这个名字好陌生。"

"这个想法是什么时候有的?"导师似乎感到非常欣慰,笑眯眯地问。

苏汀说:"当那个影子在我的眼前越来越清晰时,有一个名字也在我面前漂浮起来,这个名字让我感到特别温暖,特别亲切。"

"像久别的亲人。"

"是的。"

导师看着苏汀的眼睛说:"你的感觉是对的,你不叫苏汀,苏汀只是我们的一个学术符号,或者叫代号也可以。"

"我的名字……"苏汀紧紧捂住自己的嘴巴。

导师说:"左一帆。"

2

下午 3 点,三连完成了 201 阵地的守卫任务,大家开始整理装备,准备撤退,就在这时出了险情。被越军盘踞的 105 高地出现了三个新火力点。这三个新火力点几乎在同一时间突然向 201 高地开火了。

一阵急骤的射击声后,201 高地立刻淹没在密集的弹雨中,正在整装的十几名战士一下子就被掀翻在地。

和卫生员坐在掩体里抽烟的左国正虽然没被刚才的这阵弹雨击中,但是,弹雨击中岩石后崩出的一块尖锐的石头深深地扎进了他的小腿。

左国正一边抱住自己的小腿,不让血往外涌动,一边大喊:"注意观察,看'猴子'用的是什么武器。"

阵地上没有反应。左国正向前爬了几步,抬头一看,一个班的战士,除了自己和卫生员以外,全倒在了血泊里。

这时,卫生员放下望远镜,手指着前方大喊:"连长,'猴子'用的是高机。"

左国正抬起头,吃力地向敌军阵地看了一眼,用拳头懊恼地不断地砸着地面。

左国正知道,这种高机是打飞机用的,是当年我国勒紧裤腰带支援越南的武器,用这种武器打步兵就如同用导弹打鸡。

看着战壕里支离破碎的尸体,左国正哭了,卫生员说:"连长,撤吧。"

于是,卫生员搀扶着左国正从阵地上撤了下来。

当两人挪到阵地的另一侧时,突然一梭子弹从另一个方向打来。一阵激烈的枪声响过以后,正搀扶着左国正的卫生员身子一僵硬,然后摔倒在地。左国正一看,卫生员的腰上和腿部连中两弹。

这时,左国正往枪响的方向一看,大吃一惊。

远处的山洼里,几个端着枪的越南女民兵如同一群矫健的猴子,正在向这边快速移动。情况危急,左国正也顾不上自己腿上有伤,奋力扛起卫生员,一瘸一瘸地往山沟里钻去。

经过一夜的艰难行进,第二天黎明,严重受伤的左国正硬是把昏迷中的卫生员背了回来。

这个卫生员就是左一帆的导师杨焗。

3

那天,左国正亲自开车来到玄武医学院,然后在专家楼找到了杨焗。

平时两人都忙,很少见面,今日相会,两人都很高兴,尤其是杨焗,见到老连长来了,先是按照部队的规矩,给左国正敬了一个标准的军礼。然后打电话安排饭店,并通知几个研究生来作陪。

左国正摆手制止了,说:"不想看人脸色喝酒,就去你家。"

杨焗答应了。

中午,杨焗老婆为两人弄了一桌子的菜。因为三班倒,待菜上了桌子,杨焗的媳妇拿起白大褂,和左国正打了声招呼就走了。

两人从 12 点喝到下午 2 点。喝酒期间,都是杨焗在说,左国正很少主动说话,等一瓶半酒下去了,左国正哭了。

杨焗算了一下,今年是对越自卫还击战开始的第二十九个年头,估计连长又想起了那些死去的战友,他拍了拍左国正的肩头,眼泪也流了下来。

可是,左国正最伤心的不是这个事。接下来,左国正就把女儿左一帆的情况跟杨焗说了。

左国正说:"我有点走投无路了,你看着办吧。我都交给你了。"

杨焗没有表态,只是说:"过两天我过去看看吧。"

说是过两天,第二天杨焗就打了左国正的手机,然后,两人约定先到左国正家。

到了左国正家后,左国正的老婆秀亚像是见到了救星,杨焗还没坐下,她就滔滔不绝地说起来。

听完秀亚的叙述,杨焗要求看左一帆的房间。

到了左一帆的房间,杨焗重点看了左一帆用过的书,墙上贴的照片和贴画。接着,杨焗要求左国正陪自己去镜湖公园走一趟,左国正同意了。

在镜湖公园,杨焗先围绕那个亭子转了一圈,然后又沿着湖边的一条小路往前走,一直走到假山旁的那几张椅子边。

在椅子上坐了一会,杨焗把目光放在了不远处那些树上的鸟巢上。

第二天下午,左国正正在办公室听副局长汇报工作,杨焗的手机打过来了。

左国正忙接听电话。杨焗在那边说:"老连长,晚上去你家喝酒吧。嫂子一定要在。"

左国正就把电话断了。

晚上,秀亚也准备了一大桌菜,然后两口子一起陪杨焗喝酒。

酒下去了半瓶后,杨焗问:"昨晚回去后,我把所有事情都放下了,主要想这个事,老连长,现在,中士杨焗可以向你汇报了吗?"

左国正笑了笑说:"都什么时候了,你还这么客气。"

杨焗端起酒杯对左国正夫妻说:"先敬你们一杯再说。"

三人举杯同饮。

放下杯子,秀亚赶紧为杨焗夹了几筷子菜。

杨焗笑了笑说:"先敬你们酒,是想为批评你们找底气。"

秀亚说:"都是一家人,说话那么客气干什么,老弟你尽管说。"

杨焗说:"左一帆有精神分裂的症状。"

"什么?"左国正不知是没有听懂,还是没有听清楚,头歪着,下意识地将耳朵向杨焗面前递。

杨焗说:"精神分裂的症状。这种病多是青春病,有着强烈的反控制欲望,也就是说,它的病根子是控制恐惧症。"

秀亚好像听懂了,她不满地看了丈夫一眼。

这时,杨焗说:"孩子出现这种病,与家长的教育和心理塑造关系密切。老连长,你的责任可能要大些。"

听杨焗这么说,秀亚把脸转到一边,叹了口气。

左国正则端起杯子和杨焗碰了碰。

放下酒杯,杨焗说:"老连长啊!在部队的时候,你都是用枪指着我们说话的,对孩子可不行啊!如果我们的爱被孩子判定为绳索,那我们的教育基本上就失败了。"

杨焗的这些理论可谓是很形象了,但是对于左国正来说,还是有些深了,他问:"杨焗,我现在关心的有三点,第一,左一帆在学校到底有没有谈恋爱?第二,这个人是谁?第三,那个 NNDC 是什么意思?"

杨焗问:"连长,你觉得左一帆可以谈恋爱吗?"

左国正说:"当然不行,她还在读书啊!"

杨焗问:"嫂子的态度呢?"

秀亚斜着眼看着左国正说:"我也不提倡现在谈,但是,如果丫头真谈了,你还能把她的头砍了不成?"

杨焗问:"连长,你想不想问我是什么态度呢?"

左国正不问,只是端起了酒杯。杨焗见状,端起酒杯迎上去,碰了一下后,各自喝了。

这时,杨焗说:"我的观点有这么几点:一、集中精力学习。二、真谈了就要把爱情变成动力。三、如果陷入了泥沼,那就随它去吧,只要孩子的精神愉快。其实……"

秀亚夹了一口菜给杨焗,然后看着他。

杨焗说:"其实,刚才我只是随便测试了一下你们。我的感觉是,在孩子眼里,你们是一只笼子。"

左国正问:"那也不能让她漫天飞吧?"

杨焗说:"先不谈这个,我开始正式回答你的问题。左一帆从来就没有谈过恋爱,那个男孩是她假想中的人,是她在内心构筑的一个窝。"

秀亚显然非常震惊,也很心疼,眼泪一下就下来了,她说:"这么说,孩子整天是在跟自己说话?"

杨焗说:"是的,因为,她认为只有和自己假想的这个人说话才是安全的。"

秀亚:"她为什么要这么做啊?"

"逃脱。"杨焗说,"就是为了逃脱你们的控制。那个假想的人是她的城堡,也是她的巢。"

"这么说,孩子的精神不是有问题了吗?"秀亚问,显得非常焦虑和痛苦。

杨焗说:"不要紧张,不是精神有问题,是心理有了问题。"

"很严重吗?"

"非常严重!"

左国正的脸色越来越难看,他问:"那几个字母呢?"

杨焗说:"老连长,知道那天我为什么在那些鸟巢跟前站了很久吗?从你谈的情况,再结合我自己的观察和研究,我深深地感觉到,在左一帆生命里,她最需要的一个字是'暖'。所以,我昨晚让我的几个研究生都参与到了对这几个字母的研究中,当然,我隐去了左一帆的名字。"

这一点是秀亚最关心的,听杨焗这么说,她表示赞赏地点了点头。

杨焗说:"研究的结果,都指向卑微、弱小、巢穴、需要保护等几个比较感性的词,为此,我最后的结论是,这几个字母,是'暖暖的巢'的每一个字的拼音大写(NUAN NUAN DE CHAO)。"

左国正递了一根烟给杨焗,自己也点上一根后问:"你有办法吗?"

杨焗说:"是心里生的病就要在心里治。我设计的方案是,首先接受左一帆的这个想法,或者说,接受这个 NNDC,然后潜入她的世界里,与她共享这个人的生死。"

左国正眯着眼,摇了摇头说:"我是一点也听不懂啊!"

秀亚也说:"兄弟,你就说让我们怎么做吧。"

杨焗说:"这可能要老连长配合了。"

"说吧。"左国正充满期待地看着杨焗说。

于是杨焗说出了自己的具体方案,那就是,制造一个官方消息,宣布那个 NNDC 已经自杀了。

杨焗说:"这件事的理论是,让我们的思维和病人的思维站在一条线上,在取得病人信任的情况下,进行疏导,最后达到断绝的目的。"

杨焗的这段理论不可谓不艰涩,但是,因为刚才说到了具体方案,左国正和妻子都听懂了。

一个礼拜后,左一帆接到了通知,她的那个 NNDC 在镜湖公园自杀了。

4

让左国正和秀亚顶礼膜拜的是,对于杨焗导演的这幕戏,左一帆竟然认了,不仅很快入戏,而且极为投入。

眼见着女儿哭得死去活来,左国正和妻子又是高兴又是担心。秀亚每隔两个小时都会向杨焗咨询,生怕女儿入戏太深,再生出其他问题来。杨焗说:"长痛不如短痛,这是闯关,你们要共同面对,一定要咬牙坚持住。"

两个星期后,左国正和秀亚终于舒了一口气,左一帆平静下来了。最让他们兴奋不已的是,孩子没有出现后遗症,听老师说,左一帆像是换了一个人,更加发奋学习了。

山向后一排排倒去,水涓涓流淌,天空也更蓝了,四处都如水洗和打磨的一样,洁净又明亮。那天,左国正在办公室,一边做着扩胸运动,一边说:"这几天天气不错啊!"

"天气"也就好了几个星期,左国正就收到了女儿的控告信,内容令人大跌眼镜。

当左国正发现女儿跟自己动真格了以后,他在局里开了一个小范围的会议,要求大家注意口风,尤其注意那些流动在空气中的媒体,千万不能把这个事弄到网上去。但是,下属的一句话让他吓了一身的冷汗。

"局长,如果你姑娘自己在网上发帖怎么办?"

"怎么办?"左国正带着这个头疼的问题和杨焗通了一个多小时的电话,他说,"那个假人已经消灭了,这个真人是我女儿啊!我总不能把她关起来。"

杨焗说:"这个心思你动都别动。"

左国正说:"解铃还得系铃人,你出场吧,就说那个人是假的,我们在演戏。"

杨焗说:"老连长啊!你这是瓦上起火扑瓦,灶上起火扑灶,解决不了问题的。如果我们这样做就等于让事情回到了原点,左一帆在极度混乱的情况下,极有可能向精神分裂方向发展。"

左国正立刻就不吵吵了。

这时,杨焗说:"连长,你先别急,我的导师在广州,我请教一下她再说。"

第二天,杨焗来了电话,他说:"连长,方便吗?"

左国正看了看来找自己办事的几个人,不顾一切地说:"你说你说。"

杨焗显然听到了杂声,他说:"还是面谈吧!你看我去你那,还是你到我这来。"

左国正说:"我去。"

半个小时后,左国正走进了杨焗的工作室。杨焗关上门,拉上窗帘,并关上了手机,坐下说:"连长,我请教了我的教授,有一个下策,不知你们能不能接受?"

左国正说:"说吧,只要能解决问题。"

于是,杨焗说出了自己的方案。

目前,全世界治疗心理疾病主要有以下几种方式:

1.心理疏导。这个过程很漫长,需要主治医生有丰富的心理疏导经验。

2.药物阻断。见效快,失效也快。

3.意识阻断。这是通过医学设备对人体进行干扰,从而达到重新洗牌的效果。在这方面,玄武医学院从去年起就从美国俄亥俄州引进了一套高压氧治疗设备。通过这种治疗,有可能会引起较大副作用。

杨焗说:"效果会有的,但风险确实存在,所以,这个事需要你和嫂子共同签字。"

左国正说:"不要那么麻烦,我签字就行了。"

杨焗笑了笑说:"连长,这不是一个人的战争,嫂子那边是一定要说的。"

于是,左国正就拨通了秀亚的手机,那边刚说出一个"喂",左国正就把手机给了杨焗。

杨焗就把事情一一说明了。

见那边没有动静了,左国正要过手机,对里面说:"就这么办吧! 她那个脑子里的荒草太多,也该烧烧了。"

那边一下子就把手机挂了。

两人沉默了。

过了一会,左国正说:"听我的,做吧。"

这时,杨焗拿出自己的手机,拨通了秀亚的手机。"嫂子,"他说,"这个事还请你好好想想,想不通,千万要给我讲。"

秀亚在那边显然流泪了,她说:"这个家也被她闹腾得无法过了,就算是让她做点承担吧,只是……"

说到这,秀亚呜呜地哭了。

杨焗安慰说:"嫂子,临床警告是医院正常的程序和规矩。在实际操作中,误差不会太大,这个事,我亲自做。"

秀亚说:"还有,如果一帆不愿做怎么办? 还有,如果记忆丧失了,高考怎么办?"

杨焗说:"影响不大,正常的记忆力会在几个小时后恢复,我们要阻断的主要是情绪记忆力,譬如她对那个假想者的记忆。至于一帆愿不愿意配合的问题,我都为你们想过了。一、在麻痹的情况下动用机器。二、我导师会从广州派她的弟子来协助我。三、就在你家做,时间选在凌晨。"

5

那个风雨交加的凌晨,苏汀还有印象。恍惚中,有人用棉球在她的手背上擦拭着什么,接着,她感受到了一种刺疼。这时,迷迷糊糊之间,她看见有许多人站在她的面前,那个高大的黑影全力地阻挡着这些人靠近自己,但是无济于事……

"看来,那时候,我的病情很重。"苏汀沮丧地说。

"但是,从那个凌晨以后,你就开始向好的方向发展了,我们看到一个叫苏汀的人,一路过关斩将,考取了重点大学,又考取了我的研究生。"杨焗高兴地说。

"我完全忘记了,我为什么要考你的研究生啊? 我好喜欢服装设计啊!"

杨焗说:"这是你父亲的功劳,他觉得,你应该到我的身边。怎么,后悔啦?"

"不不不!"左一帆连忙说,"我是觉得,我一定给你添麻烦了。"

"嗯! 我很满意,你十分好学。"

"毕业后,你为什么那么支持我单独门诊?"

"是的,争议非常大!"杨焗说,"首先,你的父母亲都很担心,对你一点把握都没有。其次我很纠结,但是,我的导师鼓励了我,因为,在一件事上,我和导师的意见是一致的。"

"什么事啊?"左一帆好奇地问。

杨焗导师说:"NNDC。"

左一帆双手抱头,说:"我的天哪! 他惊动了那么多人。"

杨焗说:"我们一致认为,你的 NNDC 是个虚构人物,是一种被你物化的感觉。这个人物是从你心里生的,任何人也难以驱赶,必须让你自己觉醒。"

"于是你就让我坐在暖色壹号,等同样的人。"左一帆说。

杨焗导师笑了笑说:"是的,你的命真好,陈墨很快就出现在你的面前。"

左一帆马上问:"导师,那时,听杜遥跟我说,你特别支持我去调查陈墨的事,为什么?"

"因为,当杜遥把你的想法跟我说后,我和我的导师都做了研究,最后断定,陈墨的确是自杀,尤其重要的是,我们断定陈墨的那个 X 和你的 NNDC 类型几乎一样。当时,我们欣喜若狂,我们断定,如果你找到了 X,就一定能找到你的 NNDC。到那时,从苏汀回归到左一帆就成为可能了。"

"这么说,我早就成了你和你导师的课题。"左一帆问。

杨焗导师说:"只是你的身份是双重的,既是被研究者,也是研究者。所以我说,我们三人都是这个课题的研究者,当然,我要为你点赞。"

左一帆没有再问什么,她只是把目光缓缓地移动到导师的书柜一侧,那里挂着一件雨衣。上面有 Y 的字样。

杨焗导师笑了,他说:"Y 是我的姓的第一个拼音字母,也是我工作室的 logo。那天凌晨,这件衣服在你家出现过。"

6

飞来茶馆。

上午。

三八妇女节当天。

"拖鞋"把一块小黑板挂在了门口,上面写着:贵人包场,概不接客。

这时,白晓从店里出来了,她伸头看了看,然后转身就走。

不一会,她拿着粉笔和抹布出来了。走到黑板下,把"客"字擦掉了,写上了一个"待"字。

白晓在写字时,"拖鞋"就站在旁边看着,见白晓把字写完了,就说:"真看不出来,字写得这么丑。"

白晓反唇相讥:"过一会接待完了我就走,你接客。"

"拖鞋"笑了。

不一会,杜遥来了,怀里抱了一大束花,白晓见了,说:"把花放下,你过来,我让'拖鞋'小吃醋一下。"

说着,她拉过杜遥,为他整理起头发和衣服来。整理完头发和衣服,又掏出眉笔为杜遥描眉。描眉时,脸几乎贴在杜遥的下巴上。

白晓在为杜遥描眉时,"拖鞋"趴在吧台上,两手支着下巴在兴致勃勃地看着。看了一会,他说:"老杜,很享受吧? 你真不自觉,那是我媳妇,差不多就 OK 了,好不好?"

白晓拿起眉笔就砸"拖鞋",嘴上说:"长得四六不靠的,谁是你媳妇。"

也不是真砸,待"拖鞋"笑着躲到柜台里面了,她才将眉笔扔了过去。

这边正闹着,一个艳丽的影子飘了进来,大家抬头看时,进来的正是左一帆。

白晓带头鼓起掌来。"拖鞋"站起来,也噼里啪啦地鼓起掌来。

左一帆笑着问:"鼓掌干什么?"又对杜遥说:"什么急事啊?! 要我十分钟就到。"

这时,杜遥在自己身上擦了擦手,然后将放在桌子上的那束花抱起来,恭恭敬敬地递了过来。

左一帆接过花,调侃地问:"节日打折的?"

杜遥异常认真地说:"不,爱情不打折!"

左一帆笑着说:"什么? 你说什么? 舌头怎么啦?"

由于紧张和不自信,刚才杜遥确实没把话说清楚。现在,听左一帆这样问他,他振作了一下说:"左一帆老师,这是一个年轻人的第三十一次爱情之旅,很不容易,成全他吧。"说着,他突然跪下,将一个首饰盒举在了左一帆的面前。

左一帆愣愣地看着单腿跪地的杜遥,不知如何是好。

这时,白晓说:"我是怎么跟你说的。快说。"

"拖鞋"说:"大声点。"

杜遥没有大声,只是用足了感情说:"师姐,嫁给我吧。"

左一帆的内心显然受到了触动,嘴角向里撇了撇,然后轻轻地将杜遥拉起来。

"拖鞋"看到这一幕,立刻用夸张的动作向杜遥打手势,示意他拥抱左一帆。

杜遥矜持了一下,身子向前倾了倾,就将左一帆轻轻地拥在了怀中。

就在这时,左一帆突然发现,那个影子又出现了,先是越来越大,越来越清晰,最后微笑着向左一帆挥了挥手,慢慢地消失了。

　　两行泪水从左一帆的脸庞慢慢地滚落下来,她用一种只有自己才能听到的声音轻轻地说:"那么,再见了,我的 N。"

　　"谢谢你曾经给予我的爱、温暖和自由。"